悠然见射洪

蒲小林 著

中国旅游出版社

策　　划：胥　波　商　震　朱　零
责任编辑：王佳慧　高　辰
责任印制：冯冬青
封面设计：主语设计
手　　绘：布　丁

图书在版编目（CIP）数据

悠然见射洪 / 蒲小林著 . -- 北京：中国旅游出版
社，2023.12
（"芒鞋"丛书）
ISBN 978-7-5032-7231-8

Ⅰ.①悠…　Ⅱ.①蒲…　Ⅲ.①散文集 – 中国 – 当代
Ⅳ.① I267

中国国家版本馆 CIP 数据核字（2023）第 214320 号

书　　名：悠然见射洪

作　　者：蒲小林 著
出版发行：中国旅游出版社
　　　　　（北京静安东里 6 号　邮编：100028）
　　　　　https://www.cttp.net.cn　E-mail: cttp@mct.gov.cn
　　　　　营销中心电话：010-57377103，010-57377106
　　　　　读者服务部电话：010-57377107
排　　版：北京中文天地文化艺术有限公司
印　　刷：北京金吉士印刷有限责任公司
版　　次：2023 年 12 月第 1 版　2023 年 12 月第 1 次印刷
开　　本：889 毫米 ×1194 毫米　1/32
印　　张：8
字　　数：157 千
定　　价：49.80 元
I S B N　978-7-5032-7231-8

竹杖芒鞋轻胜马

（出版说明）

中国文人历来有为祖国名山大川著书立传的传统，越是民安物阜的年代，这样的考据与撰写就越繁荣。如今正是休明之年，作为国家级旅游专业出版社，策划出版一套由中国当代著名作家执笔的地理散文丛书，可以说是为时代著述，为山河立传，具有重要的社会价值。

近年来活跃在中国文坛上的许多中青年作家、诗人写的随笔和散文，率性鲜活，风姿绰约，读来让人心向往之，字里行间最能看出他们的真性情。那些最前沿的刊物都愿意刊发这些作家诗人们写的随笔，因为作品里有人文，有地理，有故事，有情感，有心跳，所以显得有趣，读起来让人更有身临其境之感。这些作家是文学领域的流量担当，当他们把目光投向山川草木，用脚步丈量天地人间，用笔墨透视历史人文，便带来了文旅结合的崭新文风和重磅之作。

这套系列的主旨是将大地与生命结合起来。作家需要行走并实地考察，必须经过详细的田野调查，对山川、草木、河流、人文、历史等都有详尽的考证和触摸，为名山立传、为大江大河立传、为历史名城立传、为世界自然遗产立传。

其中最关键的一点是：当置身于一个广阔的历史空间和博大的地理环境中，作家把自己放在哪个位置？作家跟大地和历史如何碰撞出火花？作家以其深厚的人文沉淀、敏锐的世事观察、犀利的批判思辨，赋予了这套系列特有的广度和深度。

2020 年和 2021 年本系列已出版的六部作品，分别是商震的《蜀道青泥》和《古道阴平》、鲍尔吉·原野的《大地雅歌》、朱零的《从澜沧江到湄公河》、路也的《未了之青》、荣荣的《醉里吴音》，基本构建起了本系列对大地、历史、人文的视域框架。

2022 年的两部作品分别是，李元胜的《寻花问虫——西南山地博物之旅》、王族的《羊角的方向是山峰》，通过更加幽微而精深的笔触去探索人与自然的奇妙关系。

2023 年的作品是蒲小林的《悠然见射洪》。

诗人蒲小林将目光聚焦于一地，在《悠然见射洪》中从历史、文化、地理、生态、文旅和社会发展等多个方面，全景式地展现了初唐诗人陈子昂故里、舍得美酒之乡——射洪的地理风貌和历史人文，使本书成为一部关于射洪的融历史脉络、文化掠影和旅游指南为一体的文学作品。蒲小林通过实地考察，借助翔实的史料和广阔的视野，生动地描述了射洪从远古洪荒到"中国百强县"的发展轨迹，透视出射洪人坚韧不拔的个性与求实创新的精神，以及作者"不以物喜，不以己悲"的通透、豁达的生命态度。

"竹杖芒鞋轻胜马，谁怕？一蓑烟雨任平生。"东坡先生的这句诗给了我们关于这套当代著名作家散文丛书最贴切的意象——既有仗剑天涯的文人豪气，又以"芒鞋"的形象带我们走进人间万象。希望以这套丛书的出版为契机，陆续推出更多文化行走类图书，让"知"与"行"，"史"与"今"，通过作家细腻的笔触生发出更广阔和瑰丽的天地。

"芒鞋"丛书编辑部

2023 年 11 月 14 日

目 录

C O N T E N T S

接到出版社的约稿通知后，我一直在寻找这本书的入口，偌大个射洪，人口百万，上下千年，该从什么地方着手呢？带着这个问题，先后两个月，我不断在城乡之间、山水之间和取舍之间徘徊。对这里的万物太熟悉了，可真正到了必须要做出抉择的时候，一缕阳光、一场风雨，甚至一只飞鸟、一片浮云，都有可能成为打乱思路的祸首。

18世纪英国诗人威廉·柯珀曾说："上帝创造了乡村，而人类创造了城市。"在乡村，日子保持着上帝赋予的形态，它是岁月和光阴；在城市，时间却被抽象成具体的细节，体现为朝九晚五与市声繁华。城乡之间那片半城半乡的过渡地带，反而更能直观体现人与自然的和谐，往往也是安放乡愁、寄托情感的绝佳之地。那么到底是由远而近从乡村开始，还是因繁就简从城市开始？万事开头难，世界上最难的选择，往往就是选择本身。

两难之间，车已停在了这个叫玉壶州的面积不过10多万平方米的田园花海中。打开车门，就与青山绿水、江上微风和田边地角的村民满满地撞了个脸熟。清风徐来，花香扑鼻，江上粼粼的波光，像无数面镜子，从风的手上照射到我的眼里，又通过我的眼睛，投射到玉壶州的春风花草间，形成了一幅物我交融、流光溢彩的绮丽卷轴。

村委会空无一人，干部都下村了，只剩办公室的门张着微笑的嘴。公告栏告诉我，此地为广兴镇双江村，坐落于射洪城北10千米处。境内的玉壶州，面向涪江、梓江，背靠青龙嘴、白虎嘴和大山岩……名字很土，却显出几分阳刚之气，大有一种"水通南国三千里，气压江城十四州"的气势。史料上说，中华民国三十四年（1945 年），因遭遇历史上最大规模的洪水，一夜之间，水草、芦苇被淹，滩涂、江渚被毁，却意外地形成了今天这个"壶"形的冲积扇。经过若干年，尤其是近年来的不断驯服，已出落成一幅风姿绰约的山水画卷，既有前卫的现代元素的融入，又蕴含着陶渊明笔下古色古香的桃源意境："行数十步，豁然开朗。土地平旷，屋舍俨然。有良田、美池、桑竹之属"。而"玉壶"一词，最早出现于南北朝时期的文献中，既言纯净完美，又言清廉通透；既指品正脱俗，又指内心无瑕，常被借以比喻冰清玉洁、表里澄澈、淡泊高远、光明磊落。说到"玉壶"，人们首先想到的多半是王昌龄的"洛阳亲友如相问，一片冰心在玉壶"，文艺范儿一点，还会想到辛弃疾的："凤箫声动，玉壶光转，一夜鱼龙舞"，当然，还有王安石的"玉壶倒尽黄金盏"。但很多人不知道的是，早在初唐，射洪人陈子昂的诗文中就曾多次出现过"玉壶"，比如

"曷见玄真子，观世玉壶中"。我正琢磨着，巴掌大的沙洲，为取个名字，莫非还搬来了名家大师不成？原本打算找村支书王灿聊聊这个话题，冒昧打通电话，才知支书请了产假。没想到，与一位基层美女领导见面的良机，就这样名正言顺地错过了。

晚餐是在村里的"晓云食堂"，一个乡村风味的餐馆，菜品繁多，荤素齐全，出于对养生学理论的发扬光大，我点了一碗清汤面。明明是二两，堆头看起来似乎有三两，厨房的两位大姐还真把我当成显客了。到结账时，刚要扫码，对面一个小伙子突然干净利落地冒出一句："算了嘛，你是贵客，一碗面，结啥子账嘛。"吃饭哪有不结账之理？历经几番客套，最终以他的胜利而告终，由此，两个陌生人成了新朋友。晚饭后，我们结伴进入花海。

"我叫涂翔，来者文旅公司的工作人员，在这个项目上负了点小责"，他主动向我介绍了自己和他的单位。"来者"，"后不见来者"？我心里一热，陈子昂文化在射洪的渗透力让人心悦诚服。"黄蜂紫蝶草花香，苍江依旧绕斜阳"，我正沉浸于刘伯温的诗句，这个怎么看都不像有文艺细胞的年轻人，突然指着不远处一块刻有"玉壶州"三个字的石头告诉我说，这个名字是他取的。我有些不信："你学什么专业的？""土木工程"，见我心存疑虑，他补充道，"我大学之前一直学文科，'玉壶'二字就是从陈子昂《感遇》诗中得来的"。接近尾声的时候，我还看见了很多令人耳目一新的名字，也都是由他"冥思苦想"出来的。比如卖花的"花间集"，卖凉粉凉面的"知己知味"，卖烧烤、臭豆腐的"粉色炊烟",端头还有一个令人浮想联翩的小店:"晚风小亭",玉壶州环境优美,空气清新,莫非还真有卖晚风的?走近一看,原来仍是一个卖烤肠、薯片,外加品茶和吹风纳凉、晒太阳的小憩之地。

聊到玉壶州的建设情况时,涂翔还告诉我,目前的玉壶州"杨家有女初长成",并已在此投放了多种游乐设施,开通了卡丁车、儿童游乐体验区、主题花境、艺术雕塑等,其他丰富多彩的项目正在逐步完善,很快就会建成集创新农业、文创产品、民宿餐饮和文体旅游于一体的新型现代乡村。建成后,每年接待游客量可以达到 30 万人次,仅此一项,老百姓人均收入就能增加一两万元。听到此处,我不禁一振,原本以为要到我离开这个村子,并且有亲朋好友执手相送的时候,才能知道"玉壶"二字的真正出处,没想到刚刚进村,谜底就揭开了——"一片冰心在玉壶"的真正含义,已然包含在了玉壶州毓秀钟灵的田园花海之中,射洪各级、来者文旅和广兴当地振兴乡村、福泽于民的一片冰心,由此也略见一斑了。玉壶州的应运而生,不但驯服了江渚滩涂,也带来了生存方式和生活状态的彻底改变。它让这个村庄,由过去单一的农耕模式,进入了文化、旅游和休闲产业各美其美、相得益彰的全新时代,也为新农村建设提供了一种就地取材、量体裁衣、以人为本的经典范式。

入住乡村酒店"感遇轩"后,我习惯性地看了看手机屏幕:2023 年 3 月 19 日。踏春的时节,按当地习俗,人们大多喜欢登高，我却独自选择了临水。站在窗前，已是炊烟散尽，斜晖脉脉，落日依山而卧，一缕残阳沉入水中，好一道壮美的两江画廊啊。涪梓两江交汇，水天共融，夕光中的螺湖，比我想象的宽阔了很多。清澈的湖水，可以洗心，可以照影，也可以远眺"落霞与孤鹜齐飞"。詹姆斯·希尔顿笔下香格里拉式的"净如明镜的天空，金碧辉煌的庙宇，森林环绕的湖泊……"，大抵也不过如此了。然而此刻，我反倒觉得本土诗人陈子昂笔下的"兰若生春夏，芊蔚何青青。幽独空林色，朱蕤冒紫茎"的意境更为直观，也更接地气。

入夜时分，村里的灯火次第亮了起来，玉带似的灯光，飘浮在民居瓦舍的檐边屋脊上，道路两旁的路灯，像是被电杆高举在手上的星星，稀稀疏疏，不偏不倚地照在平整的路面上，而花开之处，由花朵自己去照耀，无花之处，便交给彩灯随意点染。最耀眼的莫过于那架笨重的水车，明明是一个古装的道具，却被塑造得像个巨大的车轮，如果站着不动，看起来跟车轮毫无区别，但一转动，马上就露出庐山真面目。其实，这个轮子只能就地打转，一边重复着自己，一边翻来覆去在回忆着什么。但有灯影闪烁，它会真的像车轮一样飞奔起来，微风一吹，恍若一串珠光宝气的珍珠项链，隆重地挂在玉壶州秀气的脖子上。但此刻最有情调的，还是地角田边东一点西一点的清影闲光，悠然淡远，若有若无，仿佛一个书家、画家的懒心无肠之作，没有一笔不是闲笔，又没有一笔不是点睛之笔。此情此景，不由让我想起不久以前在别处欣赏到的让人心惊肉跳的夜景来。一个仅仅几十户人家，并且远离县城数十千米的偏远村庄，动用数亿巨资和比超现实主义更为夸张的手法，打造了与"乡村"二字格格不入的极尽奢华的所谓"样板工程"。灯影迷幻、流光溢彩，观赏者却寥寥无几，仿佛一个朴实无华的乡村，被受宠若惊地戴上了一副花里胡哨的戏剧脸谱。真不知这些神奇的夜景，是灿烂给夜莺看，还是给村头村尾的田鼠看。我倒觉得，与其搭这样的花架子，倒不如踏踏实实地种庄稼，守住自己的本色。我们是土地的子民，依赖着土地，又消费着土地，而土地给予我们的，总是比我们还给它的要多出很多。

那么，我们的新农村建设究竟应该从哪些方面着手呢？倒是眼下的双江村玉壶州这种既注重形象塑造，又保持乡村本色，既清新质朴，又尊重自然纹理的做法，让人明白了什么叫因地制宜、大道至简，什么叫量体裁衣、惜墨如金。或许，这里的灯光的确稀疏了一点，有些地方甚至略显幽暗，但它是自然的、协调的，走在任意一条田间小道上，人的内心也是敞亮而坦然的。这就是玉壶州，这就是双江村，更是整个射洪新农村的缩影。

这里面积不大，只够心灵小憩。

这里地势狭窄，但能让人心宽。

有人称它为小丽江，也有人说它是世外桃源。我的文章，我的射洪之旅，也就从这里，从玉壶州回环的小道和淡淡的花香中，开始了。

第一章

天地悠悠

不管你是年逾古稀，还是耄耋长者，到了射洪你都是年轻的，这里的任意一株花草、一块石头，甚至一点光、一片云，也许都是你的祖先换了一副面孔，继续以亲人的模样出现在你的身边。

比想象还古老的生命印迹

非常之物，必有非常经历。这是多年以前，射洪中华侏罗纪公园的恐龙化石和硅化木留给我的最初印象，但真到了要探寻这种史前生命足迹的时候，又一时难以清晰地理出头绪来。头绪到底在何处呢？当然在史前，史前又在何处呢？在没有文字记载之处。换句话说，史前，也许是想象，也许的确是一种遥远的存在。对于普通人而言，史前在想象之外，甚至就是难以想象。

混沌时代，射洪曾以亘古洪荒滋养着属于自己的未知世界，也一步一步为生命的出现造就了某种可能。2003 年的某一天，在射洪龙凤峡，凭借一次寻常的挖掘，意外地发现了距今约 1.5 亿年的恐龙化石，虽然是意外，却足以说明，这片土地上曾经生活着地球的霸主。恐龙的雄霸天下，也反过来成就了射洪这片土地在那一时期的显赫地位，虽然那时还不叫射洪。这种荣耀，让我不禁想起前些年那个"我爸是李刚"的唬人笑话。假如我现在告诉你，"我的祖宗是恐龙"，会不会也令人大吃一惊？

恐龙的出现，无异于一个帝王的横空出世，这里的一草一木，也因此比别处多了几分金贵，何况还是出了一个货真价实的地球之王。

这当然是笑话，笑话与神话，有时只隔着一种想象。

但龙凤峡这个地方，当年的确是食草恐龙——马门溪龙的专属世界。从直径 30 厘米的后肢骨推测，这只恐龙原来的长度大约有 15 米，至于遗骨的不远处是否还葬着它的亲属、配偶，或者其他族类，目前不得而知。由于化石分布零散，年龄太过幼小，一时很难弄清是什么种属，更不好判断是雄是雌，专家更未给出权威答案。有一次实地旅行，因物起意，朋友们打趣地说，精干、壮硕，风度翩翩的多半是雄性，而步态婀娜，前凸后翘的则自然是雌性。后来查资料，竟然真的看见了跟这种"奇谈怪论"甚为相似的观点。雄性恐龙的体格强壮，潇洒倜傥，不像雌性动物，年轻时花容月貌，姿态迷人，一上年纪就变得松弛臃肿，甚至需要浓重的妆容服饰来掩盖满脸的皱纹和衰老。至于恐龙为什么留在了射洪，至今没有标准答案。但从恐龙迁徙、迷失、躲避掠食者，以及喜欢游走、开小差等状况来看，射洪的恐龙很可能是在迁徙途中留下来的，也许是为了远离血腥贪食者的残暴，也许是迷上了龙凤峡灵秀的绿水青山，但无论何故，射洪这片土地上关于生命气息的最早记录，也就从这只恐龙的身上开始了。

虽然至今无法证实恐龙与人类到底有没有血缘关系，但作为龙的传人，一定要知道，它与我们民族的龙图腾却有着千丝万缕的联系。受《山海经》的启发，专家曾得出过恐龙很可能是龙的原型的结论。据专家考证，最早的恐龙，2.3亿年前就在南美洲阿根廷西北部出现了，但也有资料显示，恐龙最早出现在英国。说是1822年3月的一天，天气寒冷，对大自然充满了好奇的乡村医生曼特尔出诊未归，妻子便带上衣服去接他下班。返回时，路边裸露的岩层上，一些亮晶晶的东西引起了他们的注意，后经鉴定，属早已绝灭的古爬行动物化石，遂被命名为"鬣蜥的牙齿"，中文译为：禽龙，专家说，这便是科学史上最早记载的恐龙。而我国考古资料却记载，早在1700多年前的晋代，四川五城县就发现过恐龙化石，这比英国人早了差不多1500年，只因当时并不知道那是恐龙遗骸，而把它当作神话传说中的龙的骨头了。不管如何争论，对于恐龙已有两亿年以上存在史的观点，中西双方基本达成了共识。

由于太过渺远，又早已灭迹，对于恐龙的形象，谁也无法给出具体可感的答案。直至20世纪90年代中期，好莱坞导演斯蒂文·斯皮尔伯格的经典科幻电影《侏罗纪公园》出现之后，普通人才渐渐"认识"了恐龙。据专家推测，自三叠纪、侏罗纪到白垩纪的1.6亿年的漫长岁月里，恐龙一直是地球的君主，称霸着大陆，众多生态位都被恐龙牢牢地掌控着。这些奇异的、目空一切的家伙，它们繁殖、迁徙、征战、掠食，肆无忌惮，为所欲为，为后世开创了弱肉强食、我行我素、老子天下第一的不良传统。有时候我甚至怀疑，人类的豪横、自大、暴戾等恶习，可能都跟这些恐龙存在着某种基因上的关联。也许正因为如此，在经历了生物大灭绝的浪潮之后，这不可一世的家族，终因难以承受气候变迁或小行星撞击等多种可能的毁灭性打击，而于6600万年前的白垩纪末期，灰飞烟灭了。

当恐龙灭绝之后，再来探秘它生存的环境，我们不难发现，恐龙所生活的侏罗纪时代，既是生机勃勃，更是险象环生，虽也天高云淡，更有波诡云谲。假如人与恐龙真正生活在同一个时代，无异于生活在危险的食物链上，甚至可能直接被列入它们的菜单而随时遭到捕杀。所以，对于恐龙的灭绝，我一点也不遗憾，那些被庞大而野蛮的躯体遮挡着的文明的脚步，正随着它们的倒下而离我们越来越近。

谈到恐龙，必须要同时说到另一种标志性的化石：硅化木。它的形成过程非常复杂，当质地坚硬的树木被深埋于地下，经过隔氧高温和上亿年暗无天日的炼狱之后便渐渐石化，待木材中的有机质被地下水中的二氧化硅替换之后，才慢慢形成纯净、光洁的树木化石。说得形象一点，硅化木就是森林的前世。虽曾九死一生，但至今保留着逼真的树木纹理，其外表或土黄、或淡黄、或红褐、或黑白，斑斓耀眼，抛光面常常透视出玻璃的光泽和玉石的质地，同时留存了木质纤维状的结构、纹理和年轮。传说6600万年前，恐龙遭遇灭顶之灾的一刻，天空突然电闪雷鸣，乱石穿空，生灵涂炭，飞花落叶像血浆一样四处飞溅，直至灯尽油枯，化为灰烬。当这场极端气象骤然平息时，大地上的一切生物也瞬间化为白骨。作为恐龙的栖居地，射洪龙洞子自然也没能躲过这场突如其来的厄运，但因祸得福，一个壁立千仞、遮天蔽日之地，竟然在这场声势浩大的劫难中，突然惊现出错落有致的舒缓与平旷，由龙洞子到龙凤峡的蝶变，也由此渐渐形成雏形。峡谷飞瀑岩阿，水清如玉，隐隐能望见远处的悬崖上有一个巨大的石洞，相传这曾是早年巨龙出没的地方。

一场浩劫几乎改变了一切，但大自然的力量终究是有限的，遇上坚硬的植物，以及更为坚硬的时光，如同跟疯狂的敌人遇上了英勇的战士一样束手无策。以致让那些顽强的植被最终在一场灭顶之灾中涅槃重生，并由普通的植物凡胎修炼成了金刚不坏的硅化木。一亿多年后的今天，面对这些史前植物的坚忍与倔强，我时常突发奇想：这会不会就是射洪精神的最早雏形？

专家说，这些有着亿万年高龄的奇木，与恐龙化石几乎是在同一时间、同一位置发掘出来的，这样的发现，在全国尚属首次。从数量和分布来看，仅裸露于地表的硅化木就达 500 多处，600 余根，而硅化木分布的密集度，也堪称蜀地之最。由于恐龙化石和硅化木化石形成的地质年代正好在 1.2 亿年前到 2 亿年前之间，又被称为侏罗纪时代。射洪人也就地取材，顺势建成了国家地质公园、中华侏罗纪公园、硅化木陈列馆等，一个充满神秘色彩的侏罗纪探秘景区，就此落成。

据资料记载，硅化木的出土是非常偶然的。2002年9月，当地菜园村农民在龙潭村龙凤坡挖山取石时偶然打出一块"怪石"来，石头的形状像动物头部，其断裂处呈血红色。接着，又有村民挖出了恐龙蛋一般的石头，当然，"恐龙蛋"这个名字是后来专家们赋予的，在农民眼里，它就是石头，就像很多时候，他们把钻石、美玉，甚至把心头所有解不开的疙瘩都叫石头。当2003年2月，中科院袁宝印教授率队前来研究这些"怪石"，并将它确认为恐龙和硅化木化石的时候，它们早已被当地农民派上了用场——砌台阶的，码猪圈的，铺路面的，不是恐龙化石，就是硅化木。专家推断，1.5亿年前的龙凤峡谷，已经是多种动植物安居的乐园。年平均气温大约十四五摄氏度，温润适宜，植被繁盛，不止有低矮的蕨类植物，还有高大的松柏类、苏铁类和银杏类植物，更兼峰峦起伏，山环水绕，整个地表呈现出生机勃勃的景象。除龙凤峡之外，在万林、瞿河、天仙、潼射、陈古、凤来和太和镇局部地区，也先后发现了恐龙遗迹。不管是寻觅美食，还是游山玩水，舒适的气候、丰茂的物产和灵秀的风光，让恐龙在这里过着陶渊明一般的悠然生活，安享着李白式的"天子呼来不上船"的自由自在。虽然一切皆成往事，但恐龙和硅化木的存在，不但为后来从事生命、气候、环境、植物、生态等多方面的研究提供了依据，对于科普科考、旅游开发，同样具有极高的适用价值。

　　早期优越的地理条件和丰饶的物产，也为人类在这片土地上的繁衍生息提供了种种可能。"我是谁？""从何处来？"，对于这个古老而玄妙的话题的探究，便顺理成章地成了人类的必修课。从 20 世纪 20 年代"河套人"的发现拉开中国旧石器时代的考古序幕之后，很多未解之谜也逐渐被揭开了神秘的面纱。自法国古生物学家在甘肃庆阳的黄土层中发现人工打造的石核和石片伊始，我国对旧石器时代遗存的考掘，就再也没有中断过。

　　到 1979 年，一项震惊考古界、填补射洪文物考古空白的意外发现，让仁和乡一个叫马鞍山的小村落一夜之间声名远播。10 月 5 日这天，精神矍铄的退休医生张定侯回乡探亲，在一处裸露的山岩边，意外发现了一块又像骨头又像石块的东西，经专家鉴定为人顶骨化石，又因其出土于绵延起伏、形如马鞍的马鞍山南麓，而被称为射洪"马鞍山人"。此次发现证明：至少早在距今 4 万年至 1 万年前的旧石器时代，射洪境内就已经有了人类活动的痕迹。就在我们为 4 万年前旧石器时代"射洪人"的发现而不亦乐乎的时候，另一段崭新而古老的"历史"，几乎像馅饼一样从天上掉了下来。2022 年的某一天，射洪桃花河遗址考古发掘中，又鬼使神差地发现了大量的手斧、手镐、薄刃斧、重型刮削器、大石核以及动物化石等遗物，据初步估计，年代在距今 20 万年至 5 万年，这无疑让发掘出土不过 40 余年的马鞍山"射洪人"，眨眼之间年轻了十几万岁。专家们说，这是皮洛遗址之后，四川旧石器时代又一罕见的大型旷野遗址，是中国旧石器考古的又一重大突破，让整个考古事业，也让人类历史的某个章节，在射洪翻开了崭新的一页。

也许，正是这种深藏不露的神秘性和无法预料的不确定性，才让考古学的魅力散发得淋漓尽致。有时我甚至有些怀疑考古学到底是一门科学，还是一门怀旧学说，但不管是考古，还是怀旧，一个能从 20 万年的苍茫浩渺中找到自己行踪的人群，也必定能够找到另一个更加广阔的世界。日后，不管你是年逾古稀之人，还是耄耋长者，到了射洪你都是年轻的，这里的一株花、一棵草、一块石头，甚至一点光、一片云，也许都是你的祖先换了一副面孔，继续以亲人的模样出现在你的身边。

巴蜀咽喉的道阻且长

早年读《蜀道难》，并不知道"蚕丛及鱼凫，开国何茫然"是什么意思，更不知道"蚕丛""鱼凫"是何许人也，直至数年以后读到《华阳国志》，才知"蜀"原来是大约两三千年前的古代生活在岷江流域的部族名称，这个部族后来逐渐演变为蜀人，直至蚕丛氏称王之后才建立了四川历史上最早的奴隶制国家——古蜀王国。虽只历经了蚕丛、柏灌、鱼凫、杜宇、开明五个氏族的统治，便在前316年为秦惠文王所灭，但其统治时间长达2000年以上。相传由蜀部落和黄帝部落组成的古蜀王国，国土范围覆盖了川西平原、川中丘陵和汉中盆地，很显然，这一时期的射洪人自然也生活在古蜀王国的领地上。

从履历上来看，从距今20万年的旧石器时代到北周时期，射洪在争取名分的道路上艰难跋涉了大约20万又600年，其间，先后经历了旧石器时代到前2070年在原始社会的废墟上建立起来的中国第一个朝代——夏朝，接着又经历了商周以降的两千多年时间，最终于557年左右，正式得名：射洪，所以史书上又有"西魏置县，北周正名"之说。

这份履历和 20 万年混沌岁月的漫长历程，足以说明射洪一路走来的沧桑与曲折。很显然，在旧石器时代，跟天下所有地方和所有的物类一样，射洪是无名的。到古蜀王国，得归于蜀，到了夏朝，才受大禹之恩得以归为九州之一的梁州。春秋战国时为蜀地，秦为蜀郡，两汉三国为广汉郡。换句话说，如今的射洪，当年很长时间归广汉郡之广汉县（治所射洪柳树通泉坝）和郪县（治所三台潼川）所辖，当然也曾先后分属伍城、涌泉、广魏、昌城、梓州等。据《潼川志》记载，到西魏恭帝二年（555 年）设置射江县（属昌城郡，治所金华），射洪这个名称才开始有了雏形。关于射洪名称的由来，至今仍有不同的说法，《益州记》上说是因"郪江滩东六里有射江（梓江）"而得名，《元和郡县图志》又云："县有梓潼水（梓江）与涪江合流，急如箭，奔射江口。蜀人谓水口曰洪，因名射洪"，而《太平寰宇记》却认为："土人讹江为洪，后周从俗改今名。"管他哪种说法，总算有了名分。孔子曰："命者名也，名不正则言不顺也。"名字是一个地方独特的标识和文化象征，从某种意义上讲，名字就等于名分，有了名分，相当于取得了"编制"。

那么，"射洪"这个名字到底有什么深刻内涵呢？其实，"射洪"与"射江"的意思相去不远。"射"，《说文》上说：从矢从身。篆字中，躲（shè）从寸。寸，是手，也指法度。"弓弩发于身而中于远也"，翻译过来就是：射，箭矢从身边的弓弩发出，而命中远处的目标。这也许就是"射"的最初意义，无疑也包含了巨大的力量和勇气。一个"射"字足以看出，从诞生那天起，射洪就不是一个听天由命的地方，何况还射的是"江"，是洪水猛兽，是恶劣的自然天敌，没有"敢教日月换新天"的气概，何以匹配这个旷世的"射"字？这是否就是射洪精神中关于战天斗地的最早记录？梓水如急箭，奔射涪江口的说法，也因此被作为"射洪"之名的来历，一直沿用了下来，迄今已有 1460 余年历史。在我的理解中，也只有这种奔射如箭的力量与气势才能配得上后来激流勇进、一往无前的射洪精神。纵使春花秋月，世事变迁，"射洪"二字一经被确定为县名，就再也没有改变过，即便地盘多次被化整为零，甚至被纳入别人的版图，身世浮沉，但归来之后，依旧还叫"射洪"。这种与生俱来的守持与刚毅，隔着浩瀚时空，与射洪骨子里的顽强与执着，形成了一种相隔千年的山鸣谷应。

在中国地图上，"射洪"位于西南重镇四川省版图的中部，重庆市成为直辖市后，历史又将射洪轻轻地往川东方向推了一下。从四川省地图上看，射洪的轮廓像一颗不规则的心。是的，这个世界上原本就没有一颗心是规则的，尤其在跳动的时候。如果把天空作为背景，射洪像是一朵云，放在大地的画布上，似乎又像一朵花……假如我们再把地图放远一点，你是否能看出，射洪的轮廓更像是一块落地的石头？一块经历数万年风雨沧桑之后，被时光静静地安放在华夏大地上的一块气定神闲的石头。古时候，既是秦岭、大巴山往南进入益州（成都）平原，转道川南然后进藏、入滇的首选之地，也是由长江、嘉陵江借道涪江直取成都，北上剑门，远图甘肃、新疆的必经之路。如果从重庆入川，经合川、潼南、遂宁，穿过射洪便可直出绵阳接通甘陕，如果从安康、汉中、巴中前往成都，射洪更是咽喉之地。自古以来，此地驿道四通八达，而"射洪"这块石头，总是像路标一样坐落于巴蜀要冲，也指引着车马行人的南来北往。因而，历史上的射洪也曾在迁徙、征战以及交通中转等多个方面，发挥过不可取代的作用。比如3000多年前，巴蜀两国在遂宁和射洪柳树百战垭一带发生大规模的战争，其中蜀军后援部队数千人马的屯兵驻扎和粮草供给就全仗射洪。《三国志》所记载的张飞与张郃在通泉坝和百战垭的战斗，张飞更因深得当地后援而大获全胜。从古自今，有史可查的大小战事，有数十次之多，虽然经历了一次次血雨腥风之苦，却也因此练就了射洪人的不屈不挠。在后来的"保路运动""讨袁护国运动"以及解放战争、抗美援朝等历次保家卫国的关键时刻，这个"善射"之地的人们，显示出了前仆后继、舍身成仁的斗争精神和民族气节。尤其是1937年7月，卢沟桥事变刚刚爆发，射洪各阶层、各团体就相继成立了"反日社""反日先锋队"和"抗日宣传队"等，奋不顾身地投身于抗日救亡活动。有血性、有骨气的射洪文化人，也迅速组织了各种形式的声援，他们自筹资金创办了抗日刊物——《抗战旬刊》，并在发刊词中，发出了

"在国家民族存亡的最后关头，以奋斗求和平，为和平而奋斗，最后的和平终属我们"的号召与呼喊，一些政府机构还编印了《抗战歌曲》和各种油印小报，鼓励民众积极投入抗日救亡运动，极大地鼓舞了射洪人团结抗战的信心。抗战期间，射洪共有近10万人被征用为民工加入战斗，他们垦荒、筑路、建机场、修工事、送军粮、兴水利……很多人最后为此付出了生命。与此同时，抗战期间，全县共有近30000名同胞走上战场，奋勇杀敌，据记载，有近500名将士血洒疆场，为国捐躯，谱写了一曲曲舍身成仁的英雄壮歌。

除了战火纷飞和烽烟离乱，由于地处咽喉，水通南北，沿江一带地势低矮，自古以来，射洪也是洪水、瘟疫的眷顾之地。早年间，水灾的发生率几乎达到平均两年一次，而有史以来，大大小小的水患和由此引发的各种疾病、瘟疫，更是有数百次之多。尤其是中华民国三十四年（1945年）8月，射洪遭遇了历史以来最大规模的洪灾。据《射洪县志》记载，这一年，涪江及各支流洪水猛涨，洪峰水位332.75米，太和镇全城被淹。沿河城乡淹死2000余人，冲毁房屋、农田无数。灾后瘟疫流行，仅县城死于瘟疫的人数就达200多人。虽然我一直觉得这个统计数据十分可疑，但又无从查证，那个报喜不报忧的政府也早已泥沙一般随水而逝了。"祸兮福所倚"，也就在这一年，洪水退了，日本投降了，射洪迎来了抗战胜利。

在天灾人祸主宰世界的岁月，人命微贱，习以为常。说到水患治理，其实从明清到中华民国，也都有过多次的"头痛医头，脚痛医脚"，但多为"外科医生"，治表不治里，难怪太和镇民间曾经有过"治水治水，越整越水"的说法。对于涪江及其支流的真正驯服，还是始于中华人民共和国成立以后，特别是20世纪80年代以来，政府先后多次对江河进行了深入整治，按50年，甚至百年一遇的标准修建了牢固的大堤，近年来还实行了责任到人的"河长制"，在河的两岸，在人之心中，筑起了一道坚不可摧的钢铁长城。

"古人不见今时月，今月曾经照古人"。站在北斗卫星导航下的锦绣山河一路回望，20万年前桃花河上手持旧石器的先民们，正一步一步站立起来，越过茫无涯际的冰河世纪，义无反顾地从青铜时代、农业时代，迈向今天的工业时代和信息时代。这不是科幻，更不是遐想，射洪的经历就是这样富有传奇色彩，仿佛漫长的历史征途一样，千回百折，但又纹理清晰。《诗经》上说："溯洄从之，道阻且长"。一路走来，射洪也正是靠着这种"道阻且长，行则将至"的倔强和毅力，走出了多舛命运笼盖下的风雨沧桑，成就了今天这个"出于其类，拔乎其萃"的川中大县。

第二章

江山留胜迹

于谦故里

时光太无情了，它带走了太多我们想要的东西，又总是把一大堆遗憾，像"景观"一样留给了我们。也许正是因为这些遗憾，才让古与今、得与失在我们眼里变得更加直观，也让我们更懂得珍惜那些处在身外，又跟生命同样珍贵的东西。

旧时光的鸿爪雪泥

——古代"太和八景"

　　"景观"，有物质景观和精神景观之分。当"景观"作为客观存在的时候，它寄放着我们的血肉之躯；当"景观"作为一种想象出现的时候，它承载着我们的思想和灵魂。《五灯会元》中的"见山是山，见水是水"，是为了告诉我们，你看见了什么，什么就是你自己，你肉眼看不见的，仍然还是你自己。看有中之景是一种生活，看无中之景是一种境界。

　　古代"太和八景"的意义，也正在于看得见和看不见之间的人与自然的和谐，换句话说，人就是自然，自然也是人。古代"太和八景"包括：灵鹫西来、涪水萦回、鸦山屹立、榆渡春风、广寒秋月、古井烟霞、洞天瑞气、蟠龙北护，你可以说这是八大景观，也可以认为是八个景点，角度而已。据说中国的"古代八景"之说始于沈括的《梦溪笔谈》，而最早的"八景"，却是苏东坡笔下的"赣州八景"。远在近千年前的北宋已经开始出现追星一族，苏东坡的文章刚刚出炉，八方竞相仿效，一时多少"八景"的局面，不禁让人眼花缭乱。于是"潇湘八景""燕山八景"……应声而起，连"不与秦塞通人烟"的四川，也陆续出现了"盐源八景""南充八景"等，到明清时期，很多地方基本都有了自己土生土长的"八景"。据考证，"太和镇"得名于康熙五十一年，即1712年，"太和八景"之说的诞生大体应该在康熙末年或者雍正初年，按惯例，也一定是由当时在任官员、社会名流或者重要文人提炼出来的。

时光太无情了，它带走了太多我们想要的东西，又总是把一大堆遗憾，像"景观"一样留给了我们。也许正是因为这些遗憾，才让古与今、得与失在我们眼里变得更加直观，也让我们更懂得珍惜那些处在身外，又跟生命同样珍贵的东西。古代"太和八景"，有的已随时光的流逝而香消玉殒，有的历经千回百转，至今风韵犹存，即便物是人非，朱颜更改，但一个"古"字，似乎又总能为这一切的存在和消失，给出几分合情合理的解释。

灵鹫西来

根据记载，"射洪八景"之首就是"灵鹫西来"，但官网上说："千年镇江古寺历来被誉为'射洪（太和）八景'之首"，而在现有资料中，我始终没有找到镇江寺为"太和八景"的记录。这到底是怎么回事？"方舆射洪"的文小灰不知耗费了几个小时的壮丽青春，终于在《遂州名胜诗联》一书的极不显眼的注释中，发现了蛛丝马迹——"灵鹫寺就是镇江寺，位于射洪县太和镇城南黄礤浩村，二十世纪八十年代毁于涪江洪水"。

但我到了当年的黄礤浩之后，发现事情远没有想象的那么简单。庙里的师傅告诉我，别看一个小小的"灵鹫寺"，它前后的名称有四五种之多。它最早叫"回黄礤灏寺"或"黄礤灏寺"，始建于唐末天祐年间（904 年），由于战乱、水灾等因素，曾几度兴废，唐代"安史之乱"后曾得到修缮，并改名为灵鹫寺，到宋元、明清时期又数毁数建，并再次更名为"王爷庙"。寺院造型精美，诸佛仪态自然，但在 1981 年的特大洪灾中，王爷庙再次遭劫，碎瓦残垣，毁巢荡穴，直至改革开放后落实宗教政策，古庙才得复见生机，最终更为今名"镇江寺"。

那么，"灵鹫西来"又是怎么回事呢？"灵鹫"原本是指古印度的灵鹫山，东汉永平十一年（68 年），印度僧人摄摩腾和竺法兰受汉明帝邀请来到都城洛阳修建了中国第一座官方寺庙白马寺之后，随后又在五台山修建了佛教传入中国后的第二座寺庙——大孚灵鹫寺，因寺而名，原本无名无姓的一座山头，也便有了灵鹫峰的美名。此后，"灵鹫寺"便雨后春笋般地遍布中国大地。"灵鹫西来开圣境，山门北向化苍生"。毋庸置疑，包括太和镇灵鹫寺在内的所有灵鹫寺，都是直奔这个主旨而修建起来的。从这个角度，"灵鹫西来"的说法，可以直观地理解为佛教从西边的印度传到东方的中国，这种说法，在六祖《坛经》

和《大唐西域记》里也有据可查。其实，灵鹫寺既已成为今天的镇江寺，我倒觉得不如直接将"灵鹫西来"改为"镇江观澜"似乎更贴切些。可能有人就会质疑了，修建镇江寺的目的，寄托的就是镇江降妖，护佑一城平安的美好愿望，你却还有闲心塔上观澜。这个质疑有道理吗？当然有。从某种意义上讲，"观澜"无异于袖手旁观。但《孟子》告诉我们："观水有术，必观其澜"，意思是说，"澜"可观，但需观之有术。一座庄严肃穆的镇江寺、一座巍然屹立的奎阁，雄踞于黄磉浩，相当于在涪江西岸放了一门大炮，不一定有炮弹，但能镇住堂子、威慑水患。当然最终驯服洪魔的，还是政府修筑的防洪工程，旧时的洪水猛兽，转眼就成了不堪一击的纸老虎，站在镇江寺高高的观景台上，静观洪澜，闲庭信步，指点江山，"其喜洋洋者矣"，这不正是我们所期待的吗？从这个视角来看，叫"镇江观澜"或许更有深意。

涪水萦回

"涪水萦回"说的是太和镇以北螺丝池一带，这里早年曾是令人谈"螺"色变的地方。水流湍急、狂浪若奔，因漩涡状如螺丝而得名螺丝池，滩长350多米，古时有涪江第一滩之称。由于白鹤石、鲢鱼石、猪儿石、望子石等暗礁林立，阻拦河道，很多船只曾在这里遭遇灭顶之灾。当年曾流传"千里行舟无难处，螺丝天险鬼门关"一说。其实，这个说法显得有些夸张，我的舅公陈福礼就是一个跟涪江打了六十年交道的船工，他在世时曾告诉我，一年大部分时间涪江还是很温顺的，所谓"鬼门关"，也就只是夏天洪水暴涨那短短的个把月。中华人民共和国成立后，经过有关部门的多年整治，尤其是在电航工程建成之后，这一切都随着流水成了久远的传说。

江水昼夜东流，因季节的不同，螺丝池会呈现出迷人的回水景象，一个漩涡，会在河面上反复打转，常常会转上几圈才化作浪花顺流而去，仿佛是江水依依不舍的惜别，又像是一朵巨型的水花，在起伏的江面尽情地绽放，但这样的花朵，往往又是危险的陷阱。当洪水猛涨，水急天高，巨大的漩涡，看起来像花，其实是血盆大口，谁接近它，都有可能被一口生吞活剥。一旦平静下来，数百米的河道，回坝有致，波澜不惊，尤其是夕阳西下的时候，水势平缓，晚风轻拂，被落日余晖斜照的水面，恍若一根绸带在两岸之间悠然飘动。而此刻的涪水，静水流深，宁静致远，俨然一道如诗如画的水上景观长廊，"涪水萦回"的迷人魅力，也往往在这样的时刻表现得淋漓尽致，有时甚至就像涪江在对大地撒娇的时候，挂在脸颊的一个酒窝。

榆渡春风

从螺丝池顺流而下五千米，便到了位于涪江东岸的又一别致景观——"榆渡春风"。它到底别致在何处呢？说实话，此处并没有什么特别好看的，也正因为这一点，才成就了它与众不同的"别致"。

时间证明，世间所有的"别致"几乎都是从平常开始的，"榆渡"也不例外。这本是一个位于涪江东岸大榆渡的普通渡口，在没有桥梁的年代，渡船就是唯一的交通工具，把旧的一天送过去，又把新的一天渡过来，年复一年，从春到秋。作为渡口，大榆渡的历史可追溯至南宋，但正式得名始于清康熙年间（1662—1722）。据本土文化人叶波先生描述，"大榆是重要的货物集散地。商贸活动繁荣，街巷商铺鳞次栉比，茶馆、旅店、酒店、饭店、摊贩众多。五佛寺、金蟾寺等景区景点，历史悠久，文化底蕴深厚。水陆码头，鱼龙混杂，既是土豪袍哥横行之地，也是三教九流栖身之所。"由此可见，大榆渡，绝非庸常之渡。那么它真正的别致到底在哪里呢？我们先来看看那两株树龄千年的黄葛树，年龄可能跟黄山迎客松不相上下，但其树高和树冠是迎客松的几倍。不同的是，迎客松总是在原地迎接，而大榆渡的黄葛树除了迎来，还要送往。如果看见它在风中不断地挥舞手臂，那可能是它在指挥过江的渡船，也可能是在提醒排队的过客：世间本就没有过不去的河。两株大树比肩而立，珠联璧合，很多人曾说它们是伉俪，相呴以湿，阴阳调和，甚至有人因此而总结出植物长寿的秘诀，但也有人质疑，既是一公一母，一起生活了千年，却为何不见身边有枝繁叶茂的"黄二代"出现呢？难道是不孕不育？于是聪明人又指出，可能两棵都是公的，或者都是母的。当然，这是我小时候在树下玩耍时听来的玩笑话，玩笑而已。但长大后，我还真想过这个问题，就算这两棵树是一公一母，就算它们体魄健壮，器官又都能正常使用，生活在刀切斧断的悬崖上，也不具备生育的最佳条件啊。何况整个身体一直被禁锢在坚硬无比的石头缝里，除了要隐忍麻条石不分昼夜的无情挤压，还必须默默地承受风霜雨雪镂骨剜心的折磨，纵有女娲伏羲之身，也难有繁衍后代的天时地利。千百年来，只听路人议论，却不见有谁体谅黄葛树的黄连之苦。

我一直认为，当年的大榆渡，除了这两棵黄葛树几乎再无别的风景，现在看来，这个观点有些偏颇。千年老树，千年风雨，浑身上下刻满岁月的痕迹，仿佛两尊活化石在石砌霜雕的码头之上，傲然挺立，华盖如荫。如果说黄山迎客松是一把精致迷人的遮阳伞，那么，大榆渡的黄葛树就是两把粗缯大布的晴雨伞，无论是南来北往的人，还是春去秋来的时光，总能在它的荫庇之下，获得属于自己的一份空间。而大榆渡口，也因为它的伞翼，而成了人们出发之前或归来之后的心灵小憩之地。渡口正好跟河西太和镇车路口遥相呼应，因两岸河床低矮，乘船渡江还必须要从大约三四十米高的石梯上，一步一步下到水边，而这些石梯的起点，就从那两棵黄葛树的脚下开始。所谓

"千里之行，始于足下"，在大榆渡，千里之行始于黄葛树下。从这里上船，出嘉陵、过长江、入东海，可以抵达世界任何地方。

大榆渡之美，美在四时，美如印度诗人泰戈尔笔下鸟鸣声中的春之妩媚，夏之热烈，秋之绚烂，冬之静美。尤其是春秋两季，和风习习，吹面不寒，迷人的风筝和蝴蝶，一个飞翔于河流的上空，一个在岸边翩翩起舞，仿佛曾经凋谢过的花朵，在大榆渡口重又复活了。当秋日来临，如王安石笔下"澄江似练，翠峰如簇"一样的秋色中，或独自一人，或新知故旧，约坐黄葛树下，寻把竹椅，跷个二郎腿，泡杯盖碗茶，摆摆家常，吹吹壳子，看看风月，读读闲书。有时也可以不思不想，闭目养神，或者随徐徐微风端坐于此，看花飞花谢，看潮起潮落……也许正是这些日常到不能再日常，普通到不能再普通的时光，才构成了一个寻常百姓生命中最别样的景观。

不管是春风秋风，还是凉风暖风，只要大榆渡有风吹过，空气就必定会清新流畅，花草也自然赏心悦目。朝晖夕阴，斗转星移，清茶幽香爽口，人们心旷神怡。置身大榆渡码头的任意一个角落，闲看风云变幻，尽享四时之景，无论时光以怎样的速度流过江面，一旦有清风徐来，千帆远影，无须借景抒情，已觉春意盎然、顺风顺水。这，或许才是"榆渡春风"的真正内涵和别致之处吧。

蟠龙北护

　　蟠龙，特指太和镇城北四千米左右的蟠龙山，是涪江顺流而下的必经之地，名字气势磅礴，实际上不过是江边的一座小山。山上茂林修竹，风景秀丽，清代《蜀景汇览》曾夸张地描述此地"气势巍峨，浅林深篁，为涪水南一奇观"。山上有寺，名曰蟠龙寺，始建于唐代。除了是水路要冲，这里也曾是古时陆路通往太和镇的咽喉。相传东汉末年，赵云接刘备指令北上抗曹，途经今天蟠龙寺所在的地方时，曾休整于此。其间除了加固、疏通栈道之外，也曾因军士染疾，一时缺医少药，赵云挥剑劈山以解满腹怨怒，谁知一剑下去，竟有山泉喷涌而出，军士饮之，疾病立除，于是打井储蓄，军民共用。据史料记载，大军开拔之后，把临时营地、水井完好无损地留给了当地百姓，百姓感其大恩，遂将水井命名为"方义泉"。四季泉水淙淙，不亏不盈，传说常喝此水，可以治疗百病。

　　清代儒生曾有："天浪突惊金凤舞，地雷时惊玉龙吟"的诗句。清末拔贡文映江的诗中，也曾出现过"蟠龙山里有龙蟠"这样的句子，说明这处景观与蟠龙寺的民间传说，至少在清代就已经存在了。相传，涪江从螺丝池冲撞而来，在蟠龙山一带急转直下，然后决堤入城，伤及百姓生命财产。为了镇住水患，护佑百姓，老龙王特派龙子守护于此，尔后，洪水之祸也就逐年减少。出于感恩，百姓们集万千之力共同修建了一座宏伟的寺庙，因得龙子护佑，取名蟠龙寺。当然，也就是一个传说，不过在当年的时代背景下，射洪这种姥姥不疼、舅舅不爱的偏壤之地，既无朝廷体恤，又乏政府护佑，灾害连连，靠天吃饭，人命微贱，朝不虑夕，一个传说虽非救命稻草，但也算心灵安慰。虽然这条蟠龙并没能真正镇住妖魔，庇佑百姓，但至少说明了两点：一是蟠龙山地理位置的重要；二是在那些艰难的岁月里，江河泛滥带给射洪百姓的伤害是巨大而令人恐怖的。看来老龙王特意遣来驻场的龙子，不过就是以执行公务为名，来太和镇免费旅游一圈。真正能镇河妖的"宝塔"，依旧是当今的防洪大堤。

古井烟霞

有一个词叫"过眼烟云"，出处可能与苏东坡《宝绘堂记》有关，原文是："譬之烟云之过眼，百鸟之感耳，岂不欣然接之，然去而不复念也。"大意是说，有些事事，就像烟云从眼前闪过，百鸟的鸣叫从耳边掠过，大可愉快地接受，当它消失之后，却无须过多记挂。

世间万象，有的是拿来牢记的，而有的就是拿来错过的。"古井烟霞"作为一道额外的奇观，隐现于涪江东岸大榆镇东北古井口村的一条绵长的山沟里，因沟口有百年老井而得名"古井"，与太和镇隔河相望。附近的金字山顶有一座寺庙名曰金蟾寺，寺内供有传说人物刘海的金身。沟谷幽深狭长，蜿蜒起伏，草木繁茂，每至春秋时节，早晚皆有烟雾云霞从山沟深处朝涪江方向奔涌而来，宛如一道织锦铺设在左右两道绵延起伏的峰峦之间，朝晖夕阴，雾霭浮沉，云霞烂漫，仿佛平淡时光里的虎斑霞绮。

当天气晴好，晨雾如烟，如薄薄的纱幔，挥不去，撕不开，也剪不断，给人以云里雾里、飘然若仙的感觉。而或晨曦初露，一道奇丽的阳光喷射而出，雾渐渐淡去，微风轻轻吹来，仿佛谁的手指将薄薄的雾纱掀开了小小的一角，混沌的天空，马上就从头顶斜开一道缝隙，并随着云烟的散去而越来越宽阔，越来越湛蓝，有时蓝得像一种想象，有时又蓝得令人难以想象。

而到黄昏，天空像一块高清的大屏幕，悬挂在无边无际的视野之上。由于大自然的鬼斧神工，漫天的云彩被雕琢得千姿百态、变化万千，有时像是奔腾的浪花，有时又似舒展的羽毛，有时像清风赶着羊群和骏马在天庭信步，有时又像舵手驾着风帆，在万顷碧波中破浪前行，让人时而豪情万丈，时而心悦神怡。随着日月更替，古井口的风貌已经发生了翻天覆地的变化，当年单一的自然景观，也早已被"芦溪开心谷"和春苗杂技团的异彩纷呈所取代，成了真正的过眼云烟。

其实任何的美都是短暂的。有时如诗人笔下的"一切都是云烟"，有时也是龚自珍式的"忽有故人心上过"，相似之处在于都曾经历过，所不同的是，一个过眼，一个过心，但皆因"过"过，而留下了深深的印记。

广寒秋月

但凡能留给人记忆的，也往往会留下遗憾。尤其到了夜间，皓月当空，万物宁静，这种遗憾，却又成了生命中的另一种美景。

"广寒秋月"中的"秋月"悬挂在寺外的钟声里，而广寒寺，则坐落于射洪市太和镇西郊的凉帽山下。寺始建于唐，本是一个融蜀汉文化和宗教文化于一体的佛教圣地，虽因战乱而毁损，但也曾于明清两代多次维修。在1994年，寺内仅存的主要殿宇被迁至凉帽山，作为"文物"保存了下来，2008年"5·12"地震中，又再次遭遇灭顶之灾，后又被重修。方圆数百千米皆有信众前来进香、拜佛、登高、观景，每逢农历春节和二月十九，六月十九，九月十九，上庙的人多达数万之众，除了还愿了愿，很大一部分登临者更是冲着天上的月光去的，有的甚至就是去寻找月光中那些未曾谋面，但又似曾相识的旧日时光。

当年广寒寺曾是太和镇佛教活动中心，清道光二十八年（1848年），又在此地创建了赫赫有名的广寒书院，广寒寺的月光，此后似乎也便有了浓浓的书卷气息。清末光绪年间（1875—1908）射洪岁贡杨焕之曾有诗云：

赏月秋宵独倚栏，闲吟莫遣酒杯干。

好将短烛烧长夜，疑是前身在广寒。

不过这位岁贡的诗太过写实，显得刻板有余，灵动不足，下半段还有四句，我只得替他省略了。诗虽然一般，但他笔下对"广寒秋月"的写照是真切无误的。

每当秋日来临，月光洒下银白的轻纱，阒寂的山林透彻、宁静，朦胧中弥漫着淡淡的香气。你尽可敞开心扉，就着任意一缕月光，尽情地沉醉、徘徊，也可以在月光的陪伴下自由地漫步、轻吟。若是在农历十五日，秋高气爽时，天空仿佛一尘不染的画布，一轮满月挂在广寒寺的檐角，先是月白，继而是淡黄，最后跳出幽黛的山色，缓缓移到天庭的中央，仿佛开在巨大天幕上的一个小小的洞口，无边的悠然与恬静，宛如淙淙山泉，从清澈见底的洞穴中流淌下来，荡漾在太和镇的大街小巷。秋月之美是一种弥补，再大的缺憾，好像都可以由月光一一填平，但我依旧会常去凉帽山，从那些无法找回的遗憾中，去寻求一种新的遗憾。

鸦山屹立

从广寒寺下来，往南两千米就是老鸦山，因树木葱茏、老鸦众多而得名，以其突兀挺拔之势，镇守着太和镇的南大门。当地文人在描绘周边景观时，曾有过这样的诗句："凉帽钟声惊洞天，老鸦展翅盖南泉，八百罗汉朝大佛，白衣道人拜广寒。"
从"老鸦展翅盖南泉"一句，不仅能看出山之雄秀，更能感受
到山之峻险。诗中的"老鸦"指的就是乌鸦。鸦即乌鸦，俗称
老鸹，在唐以前的中国，乌鸦是具有吉祥寓意和预言功能的神
鸟，周代曾有"乌鸦报喜，始有周兴"的传说。西汉晚期出土
的竹简中，一个名为《神乌赋》的民间故事里，便已有了"襄
飞之类，乌最可贵。其性好仁，反哺于亲"的记述，而人所皆
知的"羊有跪乳之恩，鸦有反哺之义"，弘扬的也正是乌鸦知恩
图报的美德。但自宋开始，人们给乌鸦贴上了"不祥"的标签。
有时候我甚至怀疑，这是否跟苏东坡"乌台诗案"蒙冤遭贬有
关。也差不多就是苏东坡被贬之后不久，乌鸦在民间一些地方
成了不祥之物，因其通体潦黑、面貌丑陋，一口黑锅一背就是
近千年。当年我去日本，在所有的公园里几乎都能听见乌鸦的
歌唱，英国王室更是视乌鸦为宝贝，而在尼泊尔人心中，乌鸦
则是大吉大利的神的使者，每年秋季首月的 10 日，还会举行隆
重的"乌鸦节"。在我国的藏传佛教中，乌鸦也同样被视为神
鸟，是吉祥如意的象征。

在射洪老鸦山，乌鸦早已一去不复返，但它当年为保太和
镇一方平安所立下的汗马功劳仍偶有传诵。那时候路过此处，
如果一群乌鸦轻歌曼舞，或者晃动树枝，相当于为你举行一种
集体欢迎仪式。如果有恶人来犯，队伍还在数千米外，鸦群就
会冲出丛林，在山的上空狂飞猛叫，提醒守城军士有敌兵来犯。

要是强敌破关，攻入咽喉，它们马上就会集结周围几座山的同类，在敌阵上空发出胆战心寒的怒吼，吓得敌军阵脚大乱、一地鸦毛，回过神来，已成我军刀下之鬼。那时候民间曾流传这样一种说法，大片大片的鸦群和高耸的老鸦山屹立于此，太和镇便如同有了万夫莫开的天然屏障，即便是一只苍蝇，也休想蒙混过关，可见其作为城南屏障在古代射洪人心中的重要地位。鸦山四季嵯峨黛绿，密林荫翳，极目四望，能将涪江两岸山水尽收眼底。如今鸦声远去，要是有低回的钟声从万绿丛中的云林庵传来，伴随着悦耳的音符，也仍然会有三三两两的飞鸟越过林梢，朝着钟声流淌的方向，慢慢隐入人们的内心深处。当微风拂面而过，一股祥和悠远之气，会迅速从眉宇间显露出来，随着风，每一棵树都会挥动柔美的枝丫，洋溢出如释重负的淡定与从容。

洞天瑞气

洞天说的是坐落于涪江之滨东山顶上的大悲寺，原名五佛洞，因寺内现存五座佛窟而得名，寺宇峻峭，布局严谨，气势磅礴。据史料记载，寺庙始建于隋，曾多次被毁，后经明清两代修复保存，至今已有三百余年历史，面积也比始建之初增加了好几十倍。金碧辉煌的庙宇幽居于挺拔茂密的树丛中，显示出与世无争的超然。

五佛洞供奉着五尊大佛，也包含着五谷丰登、五福临门的美好寓意。自唐代以来，庙会兴盛，香火连绵，善男信女和八方游客，纷至沓来，络绎不绝。传说东山之地曾经乱石嶙峋，仅有一条羊肠小道，通往山顶，山下十几户人家，靠砍柴打猎为生。因地势高，吃水困难，庄稼十种九荒，景象凄凉。佛祖同情百姓艰苦，便和观世音、地藏王、文殊、普贤四大弟子一道，各施其法，各显神通，让这里山清水秀，花红柳绿，百姓从此过上了美好的生活。人们为了感谢五位神仙的恩德，于是扩庙凿窟，塑了五尊佛像，早晚烧香膜拜，这五个佛窟从此被称为五佛洞。每逢重要时节，人山人海，佛事兴旺，一缕缕香烟，从寺中袅袅升起，再缓缓散开，一半飘浮在湛蓝的空中，一半倒映在涪江清澈的水面，如遇微风吹拂，再经阳光映耀，仿佛一匹匹悠扬的锦缎，飘舞在水天之上，又酷似缕缕祥云，涌动于东山之巅，故而被人们当作祥瑞的象征，名之曰"洞天瑞气"。

由于香火日盛，五佛洞常年紫气缭绕，仿佛总有一股仙气，随风而舞，时缓时急，朦朦胧胧，若隐若现，幻化出无穷无尽的遐想。民间关于菩萨显灵，天降神雾等种种传说，一时也被传得神乎其神，但醒悟过来，才发现这不过是对香火旺盛的一种民间表述。香烟升起来，丝丝缕缕，绵绵不绝，诗情画意，美妙绝伦，时光仿佛也不知不觉被挽留在了东山的上空。

寻找自己的八条路线

——射洪"现代八景"

　　晚唐诗人韩偓有一句诗叫"春游嘉景胜仙乡",说的是旅游带给人的真实体验,与苏东坡"人生如逆旅"的感悟所见略同。其实旅行还有一种极易为人忽视的意义,那就是《庄子》所说的:"浮游不知所求,猖狂不知所往",大意是说一个人可以狂放不羁地遨游,甚至可以不知道自己在寻求什么,与北宋梅尧臣的"出游将自宽"似乎有些异曲同工。由此可见,"旅游"一词的内涵应该还包括自由自在,漫无目的,就像时光,即便一寸光阴一寸金,最终还得拿一大把出来虚度。从某种意义上讲,这种"虚度"也是一种"调整",如同游泳过程中的"换气",也类似于美术作品中的留白。

　　在大多数人眼里,旅游就是出门、坐车、看风景。这种直奔主题的意识,往往更容易让这些旅行者事先从心理上,为自己构建一条出行的捷径,从而增加到达目的地之后的成就感与幸福感。这样的旅行者,也往往喜欢把所有的乐趣都停留在目的地上，而不愿意相信，抵达目的地之前的整个过程照样是一次美好的旅行。换句话说，人们大多认为可以看见的才是风景，而不愿意相信通往目的地途中的行走、攀登，甚至想象，同样是一种风景，以致把本该属于自己的珍贵体验，留给了懂得旅游真谛的极少数人。尽管旅游方式难计其数，但归根到底，还是为了寻找另一个自己，按流行的说法，也叫遇见最好的自己。那么，什么才算最好的自己呢？这得问心。一段旅程，可能让人更接近另一个自己，同时也从不同的方向回到自己的内心。当你遥看风吹杨柳，可能是你和春天互致问候；当你守望日落日出，可能是世界和你正履行着某种契约；如果在林中碰上一群飞鸟，那是陌生的朋友在陌生的地方，与你的一场旷世偶遇；要是不经意踢中一粒石子，触及一朵野花，也许就是你与另一个自己在无意之间的久别重逢。

大地有四方，射洪有"八景"，粗略地梳理好"现代八景"的轮廓之后，2023 年 3 月下旬的一天，我来到了射洪市文广旅局蔡静局长的办公室。房间很小，稍不注意就会发生严重的"交通拥堵"，一个有着宽阔境界的人，却落座于如此简朴的方寸之地，很难想象，一个又一个新奇、庞大的文旅构想，是怎么从如此狭窄的办公空间里"孵化"出炉的。后来在梳理蔡静的思路和个人旅游心得时，我把射洪"现代八景"归纳为一个人"寻找自己的八个方向"。随着时间节奏的加快，现代人大多会把自己安顿在打拼事业的道路上，一个活脱脱的自己，一不留神就被折磨成了"变形金刚",表面上看来有头有脸,实际上很难有机会为自己活上一回。于是,公休日、节假日,便顺理成章地成了我们找回最初那个"自己"的大好机会。但挨山塞海,"下饺子"似的旅游,又让很多人在声名显赫的旅游热点中再次迷失了自己。只有为数不多的,真正懂得疼爱自己的人突出重围,从生僻处,从边缘里,从别人无法抵达的"偏远"中,获得了只有少数人才能获得的人生奇景,并最终把自己从飞逝的时光和市声杂沓中找了回来。晓看红湿处,悠然见射洪,射洪这样的清净、本真之地,也随之成了很多人寻找自己的最佳旅途。以陈子昂故里文化旅游区、沱牌舍得文化旅游区、科普科考探秘旅游区、山水文化旅游区、两江画廊旅游区、城市公园旅游区、旧日时光旅游区、红色文化旅游区为核心的射洪"现代八景",如同八个风采各异的自己,等待着你的认领。

陈子昂故里文化旅游区

这里是初唐诗人陈子昂的出生、苦读和生命归宿之地,也被称为"诗歌文化旅游区"。走在一山(金华山)、一湖(金华湖)、一堤(金湖堤)、一坪(西山坪)、一城(金华古镇)的文旅路线,不但可以体验到独特的自然山水,更能通过别具的古今人文,历经一番沧肌浃髓的灵魂洗礼。不管是谁,也不管以什么样的方式入境,一旦去过武东山陈子昂故居遗址、金华山陈子昂读书台和涪江、梓江交汇处的陈子昂墓地，以及坐落于千年梓江悠悠涪水之侧的复古建筑文宗苑，几乎无一不为这天造地设人间奇景而深深地折服。以"贵重华美"而得名的金华山，无疑是这一景区的灵魂。这里既是少年陈子昂的读书处，又是始建于南梁天监年间（502—519）的金华道观山道观所在地。山上古木葱茏，虬枝盘曲，亭台楼榭，仪态万千。

　　杜甫当年走遍天下，不是躲避战火、灾荒，就是投亲靠友，寻求脱贫之路。唯独射洪之行，只为拜谒陈子昂，并深情地写下了《野望》之诗，后来被镌刻在金华山石碑和华表之上。20世纪30年代，山水画一代宗师黄宾虹，69岁时路过射洪也曾流连于此，后在84岁高龄时，完成了著名的《蜀江射洪纪游图》，目前收藏于杭州博物馆。如果不远的将来，这幅旷世之作能从长江溯流而上，悬挂在射洪博物馆最醒目的位置，馆里馆外的空气和阳光都将因此成为一道稀世景观。

　　当年金华后山并无车道，只有工作人员进出的小径和一道狭窄的木门，上下必须取道前山。步行穿过陈子昂诗中的百尺桥，登上明代崇祯年间（1628—1644）建造的365级石阶，才算进入了南山门。途经始建于唐的前山牌楼，过了香烟缭绕的蜀中四大名观之一的金华道观和飞阁流丹的玉虚阁，陈子昂读书台也就清晰在望了。从我十几岁第一次登金华山以来，上山的次数不下百次，每处景点早已镌刻于心，挥之不去。不管是文人学者还是普通游客，到了山上就会发现，很多书籍中对于森森古柏、楼阁亭台和四时风光的描述，大半都是枯燥而苍白的，唯有身临其境，方能识其大美。而陈子昂的出生地却在距金华山以东七里，有着"川中第一峰"之称的武东山南麓的张家湾跑马地。想当年，一个少年从这座海拔670多米的高山，只身前往海拔300多米的金华山读书、习武，并与涪江西岸的苍松翠柏和闲花野草共同生长，那是何等奇妙的景象。而多年以后，这位青年跻身庙堂，居高临下地怒视朝廷的弊端和对一代诗风的訇然开启，也正是从射洪武东山开始的。一千多年后的今天，由于涪江昼夜不息的奔流，星罗棋布于方圆数公里范围内的金华坝、水冲坝、吴家坝、覃家坝等涪江两岸山水田园和浩浩汤汤的"金湖"绿岛、无拘无束的野鸭、白鹭，以及质朴无瑕的农耕文化和四季不同的迷人风光，共同演绎出"此景只应天上有"的别开生面。而金华古镇内，大量保存完好的九宫十八庙和散布于四邻八乡的文物古迹，以及"金湖"湿地、西山坪生态农业示范园和位于广兴镇龙宝山下的陈子昂衣冠冢、古香古色的文宗苑等，既是等你已久的景观，也许更像是你的祖辈或者早年走丢了的你自己。

虽然陈子昂笔下"飞飞鸳鸯鸟，举翼相蔽亏"和"乌啼倦依托，鹤鸣伤别离"的景象早已不见，杜甫、黄宾虹笔下的鹤影仙踪，却时常出现在最深的丛林间。故里并不遥远，金华山也不崎岖，如果能在此与陈子昂相遇，也一定能遇见一个骨气端详、诗意盎然的自己。

科普科考探秘旅游区

这是一个以 4A 级旅游景区——中华侏罗纪探秘旅游区为核心，涵盖桃花河旧石器时代遗址和马鞍山"射洪人"遗址等众多古今奇观为一体的风光旅游组团。内容包括科普科考、教育体验、探险游乐等多个门类。景点彼此辉映，但又自成一景。

中华侏罗纪探秘旅游区，包括硅化木国家地质公园、中华侏罗纪公园、龙凤峡风景旅游区，是一处"天下三分"又最终归一的人间仙境。不但有我国西南地区规模最大、保存最完整的硅化木化石群，更有恐龙遗迹、丹霞地貌、水体景观以及地质博物馆、硅化木林、主碑广场、王家沟木化石遗址馆、侏罗纪地层剖面、4D 影院等，是西部地区罕见的集遗址、科研、探秘、度假为一体的综合型地质公园。峡谷中奇山怪石，茂林幽洞，飞瀑溪流，天生丽质。很多奇观，千万年间一直"养在深闺"，一朝重见天日，就迅速受到杨玉环般的"一朝选在君王侧"的万千宠爱。由于内涵独特、历史悠久，入选全国科普教育基地，面积达 12 平方千米的硅化木遗址，也成功跻身国家地质公园之列，而在博鳌亚洲论坛世界旅游精英峰会上，中华侏罗纪公园更是被授予了"国际王牌旅游景区"的称号，第八届国际侏罗纪大会曾在这里隆重召开。

与侏罗纪探秘区相比，1979 年"射洪人"顶骨化石在仁和马鞍山的出土，不但填补了考古的空白，解开了旧石器时代晚期"射洪人"活动的信息，射洪的历史也自此翻开了新的篇章。

与马鞍山相比，偏安一隅的桃花河遗址则更像一个渺不可及的先民，默默无闻地隐身于比它更加默默无闻的山村里。桃花河发端于三台县，蜿蜒 90 千米，在射洪香山镇境内汇入涪江。河不算长，却独有其美，尤其是流经香山镇古村落的一段，更是风情万种，登高临远，两岸绿树环抱、山水氤氲、农家阡陌、美不胜收。2023 年 1 月 10 日这天，桃花河，这条不见经传的小溪，突然一举成名了。由遂宁、射洪两级党政和四川省文物局共同主办的桃花河遗址和四川旧石器时代考古成果专家会在射洪召开。会议公布了涪江与桃花河交汇处，发现手斧、手镐、重型刮削器及罕见动物化石等重大考古信息。据初步估计，年代在距今 20 万年至 6 万年之间，是继皮洛遗址之后，四川又一罕见的旧石器时代大型旷野遗址。据专家称，遗址地层非常清晰、埋藏状况完好，真实地保留了原生态的、多层面的人类活动信息。这充分证明，射洪自古就是物华天宝、山川俊美之地，我们的祖先很可能于 20 万年前，就在此开始了繁衍生息，并创造了古老而灿烂的文化。

"科普科考探秘旅游区"作为一个由旧石器遗存、古生物化石和天然植被、奇山异水及历史人文荟萃而成的景观集群，不但包含着鬼斧神工的地理元素，更是藏着神秘莫测的史前、远古文明，一个古异新奇、神秘万端的自己，很有可能也曾隐身于这些遗迹之中。

沱牌舍得文化旅游区

这也是常说的"美酒文化旅游区",很显然,其灵魂是酒,来这里"旅游",相当于一次灵魂探秘。多数人把酒看成透明的液体,而我的眼里,酒有时也是固体,固若金汤,坚如磐石。数千年来,岁月尚且要付诸流水,但有谁看见"酒"从这个世界,从人的记忆里消失过?

世间万物,不管存在了多长时间,但凡最终要消失的,皆因文化在它的身上被消耗殆尽。那么酒为什么能传承数千年,而至今仍如古老的文明一样长盛不衰呢?因为酒是有文化的灵魂,也是有灵魂的文化。正因如此,它才像哲学一样,像自由一样,跟思想、时光、生命一道,共同构成了被我们称为酒文化的特殊的文明形态。

酒是自由的象征,舍得是智慧的象征。据《华阳国志》和《射洪县志》记载,射洪美酒自西汉发端伊始,这种智慧至少已经承续了两千余年。

当我站在位于北纬30°的沱牌舍得文化旅游区,一连串的感慨,不禁油然而生。这里是美酒和文化的乐园,既包含着工业文明,又融合了生态观光;既涵盖着文化艺术、互动体验、白酒科普,也囊括了风景如画的牛心村酒粮基地和建设中的占地

360 余平方千米，融遂宁市"三县六镇"为一体的沱牌绿色生态食品产业园。而作为美酒核心区产区的这座方圆 3 平方千米的沱牌舍得生态园，素以"生态循环、绿色环保"闻名，也是我国"生态酿酒"理念和生态酿酒工业园的诞生地。整个园区从环境、净水、原粮、制曲、酿造、贮藏等几个方面，集中体现了生态、绿色、低碳的环保理念。据资料记载，园区主要由国宝级的千年酒宗泰安作坊、舍得艺术中心、312 制曲园、陶坛贮酒库、10 万吨生态粮仓和酒文化主题酒店组成。而包括沱牌镇、瞿河镇两地 20 多个村落在内的风光旖旎的酒粮基地，不但是小麦、高粱、玉米的世外桃源和花香鸟语、清风明月的绝佳产地，更孕育着沱牌舍得厚重的人文底气，也正是这样得天独厚的人间秘境，养成了酒体源头的冰清玉洁。尤其是在牛心村酒粮基地，我不但看见了小麦、高粱、玉米等酿酒专用粮和蔬菜、水果等相关配套种植产业协调发展的成功样本，而且见识了融乡村风光和酒粮美景为一体的农事体验、科研试验、科普教育、农家书屋、农业休闲旅游、养生文化体验基地的光鲜亮丽。尤其是村里宽敞、整洁的书屋，给了我极其深刻的印象。早些年，在一个村庄建书屋，几乎就是黄粱一梦。在牛心村闻到满屋书香的时候，我突然发现，每片农田似乎都像是一页诗书，在乡村美丽的大地上尽情地翻开。从宣传部赵富强和图书馆长王丽提供的资料上，我还特别注意到这样一组数据，自脱贫攻坚和乡村振兴以来，射洪全市的 282 个行政村，村村都建起了农家书屋，图书总量达到 110 余万册。与此同时，市图书馆还先后在各个乡镇、社区建立了 24 个图书分馆，覆盖范围囊括了 282 个行政村农家书屋，每处藏书平均达到了 2800 余册，共计 88 万余册。村里有了书屋，村头村尾书香缭绕，读书活动此起彼伏，田边地角充满了浓郁的书卷之气。如果说是沱牌舍得成就了牛心村的振兴与崛起，那么，牛心村则以其灵山秀色的一尘不染，为舍得美酒守住了源头。

沱牌舍得文化旅游区的历史已有 30 余年，也就是说，从它的奠基人李家顺先生开始，这座巨型的生态园就以其先行的绿色生态理念引领了酿酒潮流，同时将白酒生产推向了一种新的高度。经过几十年的朝乾夕惕和寒耕暑耘，近年来，沱牌舍得文化旅游区一跃而为 4A 级旅游景区，并赫然荣列成渝十大文旅产业地标之一。如果说长盛不衰的酒香是这座园区的灵魂，那么沱牌舍得文化旅游的日新月异，无疑为它插上了神奇的翅膀。而高平，这位舍得文旅公司的总经理和他的团队，则以其超强的舍得智慧，策动了这双翅膀的扶摇直上。这个喝沱牌长大、品舍得长成的射洪人，以其个人独具的奇思妙想和团队精神的充分发挥，谱写了舍得文旅新的篇章。而他们所推行的"工业 + 文化 + 艺术 + 生态 + 旅游"的复合型旅游模式，不仅大大拓展了传统旅游的边界，同时为古老的酒文化，从现代到未来的发展方向上，提供了一种全新的发展范式和可能性。不管是谁，只要在生态园里走上几圈，你就会发现，整个园子里，不但花香鸟语是一种醉人的美酒，浓郁的酒香，更是一道独特的景观。

徜徉于沁人心脾的酒香之中，看见舍得园区醉意朦胧的花草树木和小桥流水，我突然明白了舍得酒独特的色、香、体、味来自何处。为此，我曾专门写过一首题为《舍得酒》的短诗，最后几句是：

……在舍得生态园，只需任意捧起一缕花香、

一声鸟啼、一片月色或者一滴朝露，你就会发现，

你的血液，早已成为沱泉之水的一脉支流，

而舍得酒的源头，在你一生最清澈的一段。

舍得是一种人生美景，既能把世界浓缩为一杯酒，也能让人的心扉像山河一样打开。进了沱牌舍得生态园，尽情品味那些厚重岁月里沉淀下来的悠然的舍得时光，一个对酒当歌、超然豪迈的自己，也随时可能在酒香之中，与另一个诗情画意的自己不期而遇。

两江画廊旅游区

这里也可以称为新农村建设示范旅游区。长达 7 千米的两江画廊，是从青山绿水和田园花海中长出来的，一个典型的融天地、古今、自然、人文于一体的环湖沿江风景长廊，也是在乡村振兴过程中形成的，以自然资源为蓝本，以古今人文为素材，以诗意田园为主题的射洪特色新农村文化旅游名片。螺湖

半岛生态旅游度假区、双江村、文宗苑、花果山等核心景点，与涪江、梓江共同勾勒出了这幅旷世大画。画面浑然天成、出神入化，几近完美。面对这种超乎想象的美景，任何人都会搬出一大堆漂亮的词语，诸如美不胜收、精妙绝伦、别有洞天、诗情画意……再往下列，很快就会排出一道比两江画廊更长的词语长廊。但我认为，再多、再美的词语，一旦遇上真山、真水，马上就会小河露底，自曝浅陋。唯一的途径就是身临其境，如荀子所说："闻之不若见之，见之不若知之，知之不若行之"。意思是说，听到的不如见到的，见到的不如了解到的，了解到的不如去实行，去亲身经历。

在射洪中学读高中时，学校有门课程叫学工学农，学工是在校办工厂，学农就在螺丝池，也就是现在的螺湖电航附近。至于到底学了些什么，早已忘到了九霄云外，但螺湖两岸荒凉、凋敝的印象至今刻印在脑海里。多年以后，当我再次来到这里，站在气势如虹的电航桥上，看见两江交汇处亦诗亦画、如梦如歌的美景，新旧两幅画面像电影胶片一样，在我的大脑里反复闪现。那一瞬间，脑子一片空白，也不知道《辞海》里有哪个词语能配得上眼前的景色，于是不禁感叹：此景只应天上有。

再说螺湖，其实它原本并不是湖，电航工程建成后，涪江、梓江汇集于此，也才形成了水天相接的广阔湖面，仿佛一面巨大的镜子，不仅可以照彻四岸美景，还可以让蓝天白云看看自己为何如此轻盈。而进入画廊首先必经的螺湖半岛，是两江画廊之中开发较早的生态旅游度假区，不但自然风光独特，其中的水世界，更是集众多刺激游乐项目和水上运动项目于一体的水上天堂。随着水上游乐、水上养生和水上观光三条旅游航线的开通，一个以自然风光为主体，以诗酒文化为内涵的综合性"新景区"，便以全新的面貌呈现在世人面前。这道别致的水上路线，始于螺湖半岛，经玉壶州、陈子昂衣冠冢、龙宝山寺庙、天台山寺庙等水岸景观，止于保存完好且具有 300 余年历史的双溪"四合印"。据"四合印"的第十代传人赵江介绍，这尊底蕴深厚的"印"，其实就是一座明清风格的四合院，始建于清朝乾隆年间（1736—1796），主人赵圣佐为乾隆七年（1742年）壬戌科进士，据传曾是乾隆皇帝的启蒙老师。传说在赵圣佐 58 岁时，乾隆皇帝传旨要前来为其庆贺六十大寿，得知赵圣佐居所竟然只有一间草房，于是专款为其建造了这处宅院。从上往下看，犹如一枚四方印章盖在了大地上，故被称为"四合印"。院子规模宏大，器宇轩昂，造型独特。庭院背靠轿顶山，坐东向西，九道朝门，四周水渠环绕，进门便是宽敞的会客厅，厅门两边是马厩，中间为拜祭祖先的正房，其余为偏房，另有书房、粮仓，功能完善，大气至极，据说当年的县太爷经过此地也要下轿下马徒步前行。以至多年以后，人们慕名前来参观旅游，把它作为建筑蓝本和研学基地，甚至偶尔被请进风光片、纪录片当主角，也成了家常便饭。当我从"四合印"的深厚历史人文气息中抽身来到儿童游乐区，看见那些让人眼馋的人造波浪、御水漂流、儿童水寨、喇叭滑梯，我不仅为游客，更是为孩子们晶莹烂漫的童年而深深地赞叹。这个水世界，因为与螺湖水洁冰清和激滟湖光的交相辉映，而成了孩子们最洁净的人生起点。可惜的是，我们这代人的童年时代，没能赶上这样的美好，多少有点"君生我未生，我生君已老"的遗憾。

带着这种遗憾，沿着湖边号称最美乡村公路的环湖景观大道继续前行，经过螺湖半岛生态农庄，几分钟后，美不胜收的双江村就出现在眼前，这是射洪悉心打造的城市近郊乡村发展核心示范区。他们利用江景资源，糅合沿江新业态、农作物大地景观、夜景光彩、乡村振兴业态等元素，以两江之水，将两江四岸的旅游景点，像银线穿珠一样串连起来，形成了新颖别致的沿江画廊。按照统一规划，他们在对旧有河滩水草进行充分改造的基础上，还遵从地形地貌特点，就势新建了四季花海、留影大道、崖壁雕塑、激光投影秀、银杏大道等，同时对花果山景区和沿江100多户农房进行了风貌和庭院的脱胎换骨的改造。

据村支书王灿说，他们最大的成就感在于，除彻底改善了老百姓的生存环境外，还通过"农业文旅化、文化娱乐化、产业市场化、艺术国际化"等多种方式，以独特的水岸资源和精品村建设为契机，建成了规模宏大的玉壶州艺术花海和花海商业输出区。同时联合外来投资，与当地村民从创新农业、文创产品、民宿餐饮、文体旅游等多个方面进行深度合作，与外来投资业主的利益联结起来，既实现了资源价值的最大化，促成了大量的群众就业，又通过租赁、入股等方式，盘活了村级集体和群众的闲置资产，让老百姓既有租金收入，又有年末分红，不但人均年收入增加了 2 万元左右，村集体经济年收入也增加了 10 万元以上。为了不断丰富村庄的业态和文化内涵，除了利用玉壶州花海承接各种类型的文化旅游、产品推介、游学研讨等活动外，还特地引进了著名军旅画家敬庭尧工作室，著名书法家、画家吴一潘工作室等，为村子的文化建设注入了新的活力。双江村给我最深的感受就是"业态振兴"，它不仅道出了射洪乡村振兴的精髓，也为周边地区提供了可资借鉴的范式。这样的范式，也许有些出乎乡村本身的意料，多年以来，很多乡村就没想象过自己能有今天这样的光鲜，但这又恰好是市委、市政府规划目标的落地。正如射洪市人大常委会主任袁渊和市委副书记吕伟督导乡村振兴工作时所说，检验乡村振兴工作实绩的重要标准就是各项目标的落实、脱贫攻坚成果的巩固，以及如何保障老百姓长期稳定增收，而双江村的发展变化，正好成了这一思想的立体展现。

　　双江村充分依托当地独有的大地山水和历史文化资源，恰如其分地制订出"以文铸魂、以文化人、以文兴业"的方略，依托陈子昂墓地，将本地的乡土文化，包括乡贤、乡旅和山水、农耕文化深度融汇于千年历史文化之中。借助这种绝无仅有的文化资源，在一江之隔的龙宝坝还建成了目前海内外关于大唐文宗陈子昂的最全面、最翔实的综合性展馆——文宗苑。资料上说，建筑面积达 3834.37 平方米，整体布局为坐北朝南二进院落，主要分为展示陈子昂生平的"伯玉轩"、体验陈子昂诗歌文化魅力的"唐音馆"、展示陈子昂治国理政作为的"谏诤厅"和追慕陈子昂拜谒海内文宗的"文宗堂"，以及既可俯视大唐，又可纵观天下的"状元塔"。不但从功能上呼应了金华山陈子昂读书台，更是从内在上形成了古今人文与自然在两江山水中的水乳之合。文宗苑一经建成，就被评为了"2021 年成渝城市更新十大地标"之一，受到举国文人和八方游客的青睐。正如文广旅局党委书记黄勇在首届川渝地区体育旅游嘉年华和乡村旅游活动启动仪式上所说，两江画廊已实现了与陈子昂读书台、百里农环线酒粮基地、沱牌舍得文化旅游区、中华侏罗纪探秘旅游区等多个景区的无缝对接，形成了集度假、观光、运动、康养于一体的体育旅游度假长廊。观察两江的整体布局时我还发现了这里一廊、三区、八景的宏大规划。其中，一廊三景已经基本形成，一道环古绕今的诗意长廊和以"射江气魄·文宗寻源，三山夜韵·印象江湾，银杏大道·诗歌田园"为核心的射洪文旅新篇，已经徐徐展开。两江"八景"正日渐清晰地以特色景观群落的形象，呈现在世人面前，两江画廊的内涵，也正随着四岸江山的月异日新而不断丰富。

如果说两江画廊是一幅前无古人的山水泼彩，那么涪江、梓江则是挥洒在螺湖画布上的两支永不枯竭的画笔。如此宽广的画面，铺在时光的深处，也铺开了村庄的远方和一个人的清澈见底与山高水长。

红色文化旅游区

这个景区主要包括两大板块，一个是革命先驱"贺诚纪念馆"，另一个是以昔日军工企业的编号命名的中皇村3536三线城。在这个区域，我们自始至终会穿行于"红色"这种新鲜血液般的颜色之中。辞典上说，红色是光的三原色之一，它代表着勇气、斗志、革命，也代表着积极、乐观、热情。从光学的角度理解，红色能和翠绿色、靛蓝色，混合叠加出任意色彩，也就是说，红色是一种具备一切可能性的色彩。

红色旅游在我心里也被称为记忆之旅，就是沿着自己或者别人记忆里的某条路线、某个标志物、某处有纪念意义的地方，去开启一场以缅怀、学习为内容的主题游览。简而言之，就是跟着记忆去旅游。这样的景区、景点，也往往是红色人文景观和绿色自然景观的高度融合，有其独特的精神、文化内涵。红色与绿色，过去与现在，在这里达成了深度的默契。不论景区大小、距离远近，意义是相同的，瑞金、井冈山、遵义会址能给你的，射洪照样能给你。

前些日子聊到红色旅游时就有朋友告诉我，红色旅游的诀窍就在于对"苦"和"真"这两个字的体验，体验当年之

"苦"，就是接受传统的洗礼和心灵的净化。"真"包含着两个方面，一是资源本身的原汁原味，二是游者内在的真情实感。有很多地方为了旅游发展需要，找到一点红的影子就浮想联翩，大兴土木，明明就一个人物，一点遗迹，本来真真切切、朴朴素素的，非得要以高档、豪华的规格去打造不可，有的甚至不惜重金，极度夸张地配套了所谓商业街区、主题公园、游乐设施等，不但造成了红色资源的失真，也大大损伤了红色旅游的庄严，同时极易衍生出对游客，尤其是青少年的误导。花血本建好了，游者如果都能下功夫去体验，真正受到教育也就罢了，但据我所见，很多地方的红色旅游仍然停留在鞠躬、献花、行礼，或者穿穿服装、唱唱红歌、吃吃苦菜等程式化的阶段，对红色旅游资源所蕴含的故事和精神并没有深入的了解和感受。红色旅游的灵魂在于通过对红色史迹的观赏、体验与精神传承，并以此为动力，不懈探索和创造自己这个时代的幸福美好。由此可知，红色旅游不光是接地气的，更是励志的。

贺诚纪念馆又叫贺诚生平陈列馆，早年我曾多次前往。它位于花果山东侧，主体面积 3000 余平方米，棱角分明的建筑风格与四周优美的半山风景浑然一体，庄重而不失典雅，简洁而富有内涵。极具个性的展厅，以五个篇章，通过图文字、实物、雕塑和声、光、电等高科技手段相结合的方式，再现了这位乡贤的生平事迹和不朽功绩。

说到贺诚，我首先注意到的并不是他后来显赫的地位，而是他的少年和青年时代。他的简历里有这样几行字：1901 年生于射洪龙门垭一个以中医为生，却也薄有田产的普通农民之家。后因社会动荡而家道中落，为了重整旗鼓，父亲一心要培养贺诚"做大官"。孰知小小的贺诚竟然违背父命，痴迷上了学医，不仅在 1922 年考入北京医科大学（现北京大学医学院），而且还公开参加了革命，从此音讯全无。由此，父亲对他失望至极，但想到儿子干的毕竟是正事，气也就慢慢消了。他父亲不知道的是，到了大学，贺诚依旧不是一个"听话"的孩子，为了反对校长的封建霸道，他竟带领全校同学公然罢课，迫使当局不得不让校长引咎辞职，而自己也因此被弄得狼狈不堪。贺诚的故事还有很多，比如由于学校对这个思想先进的学生的深恶痛绝，毕业前夕的 1926 年竟无情地开除了他的学籍，不但文凭没有了，这个身无分文的穷学生还不得不为拖欠所谓的 28 元学费而焦头烂额，也就在面临人生重要转折的时候，贺诚找到了党组织，并在党组织的指引下参加了北伐军，从此一步一步走上了革命道路，也把整个一生献给了革命事业，直至 1992 年在北京因病辞世。

有关他的生平事迹，相关资料皆有详细记载，但有两点我们还是得再次梳理一下。首先，贺诚是在射洪出生，在射洪长大，由射洪山水养育出来的射洪历史上"第一个中共党员、第一个开国将军、第一个中央委员"。他既参加过北伐战争、广州起义，又经历过二万五千里长征，还创办了红军第一所军医学校。中华人民共和国成立后，他既担任过中央政府的卫生部副部长，又在军中担任过解放军总后勤部副部长兼卫生部部长，以及军事医学科学院院长等职，并于1958年被补授中将军衔。这位杰出的射洪人，一生铁骨铮铮，即便在遭遇反动势力的诬陷时，也矢志不渝、本色不改。1975年，又以74岁高龄再次担任了总后勤部第一副部长，并当选为十一届中央委员。

贺诚离开已经30余年了，但他仿佛又还没有离开，那漫天灿烂的朝霞、湖上明亮的月光、山间鲜艳的花朵，总是氤氲着他血液里的那抹红。

从贺诚纪念馆出来，我又驱车来到十几千米以外的瞿河中皇村。到达村委会时，正好赶上大队伍前来旅游调研，于是村支书周国荣只得匆匆忙忙给我介绍了他们发扬"三线精神"，就地取材，创建集三线红色文化展示、军事拓展训练、红色文化研学、康养度假和影视拍摄、博物展览等多种功能于一体的综合型文化旅游小镇的大致经过。从资料上得知，这里曾是3536厂的旧址。1966年，国家在射洪安排三线基建项目达20多个，其中就包括了三座军工厂和国家棉花仓库312库等，如今，这些企业已经完成使命，全部转撤。到1993年，3536厂也整体迁往异地，留下一座面积达14万平方米的风貌完整的旧日厂房。尽管现在已是人去楼空，但射洪人对它的那份特殊感情，从未因此消退。在射洪人心里，它并不仅仅是一个工业遗址，更是记录着民族工业的一段艰辛的发展历程和一代人美好的青春记忆。

由于天时地利，又赶上乡村振兴的好机遇，占地 600 余亩的 3536 三线军工文创园也就顺势而生了。除了结合乡村振兴精品示范村建设，他们还以三线文化旅游为主题，建造了三线记忆老街和中国三线建设博物馆射洪分馆等，不但填补了射洪红色旅游小镇的"空白"，更为射洪红色文化旅游增添了一张亮丽的新名片。据介绍，2018 年以来，四川彩皇农业科技有限公司先后投入 3000 余万元，对原有厂房进行了加固改造，当年的破旧厂房变成了工业历史博物馆，职工食堂变成了游客体验餐厅，各种就地取材而创建起来的旅游、研学、体验、互动项目，吸引了大批成都、绵阳、重庆等地游客，这座被废弃多年的老厂如今已经是老树新枝，青春焕发。除此之外，他们还坚持以种植产业为主导，采取土地流转、引进外资等方式，大力发展种养殖业。尤其是已经初见成效的 5500 亩菊花基地、柠檬种植、山羊养殖，以及光伏发电、采菊文化旅游节等，不但带动了产业升级，增加了就业岗位，还为村民们找到了新的发展增收途径，也让一幅民富村美的山乡画卷，轻盈而舒展地呈现在中皇村的大地上。

其实，不管是在贺诚纪念馆，在中皇村 3536 三线城，还是在射洪的大街小巷、千村万落，随时随地总能感受到那种无所不在的特殊的红。那刻骨铭心的红色，哪怕只是淡淡的一抹，只要还能在你的内心、在你血液的深处激发一种冲动，也必定能让你从中找到久违了的但一直都在的那个丹心碧血、豪迈如初的自己。

旧日时光旅游区

漫游旧日时光，绕不开的就是一个"古"字。"古"，是万物的前世，也是人的前世。我这种想法，是在一个叫布莱恩·魏斯的美国医生的影响下诞生的。由于工作主题就是处理轮回和进行前世治疗，所以在医疗领域他被称为轮回学家。闲翻他的《回到今生》一书时，我读到了这样两句话：今生，是前世的"来生"，也是来生的"前世"。一个人回溯前世，目的只是为了改善今生。这话听起来似乎有些玄，看明白了却又异常简单。不外乎就是一个关乎万物前世今生的问题，如此而已。

正如苏东坡所云："谁道人生无再少，门前流水尚能西"，又或者是刘禹锡所说的："沉舟侧畔千帆过，病树前头万木春"，但这，也许正好又是我们通常所说的"生命的不朽"。当我跟随时光的脚步和地理的脉络，去拜会那些已经消失，或者依稀还留存着深深浅浅的印记的古渡和古镇，我非常清楚，我无法穷尽，也无须穷尽，所谓"四至八到"，三生万物，窥一斑而知全豹也。

我们先来看看著名的"四大古渡"。据本土文人刘宗生所著射洪《陈子昂故里交通史话》记载，明清以来，沿涪江、梓江两岸有一定规模的古渡口就达 19 处，木船、铁船上百艘。而古渡之中，最著名、最繁华的莫过于香山古渡、金华古渡、大榆古渡和青堤古渡。

香山古渡，位于射洪北大门香山镇，距离射洪县城 40 千米，与绵阳三台县毗邻。地理位置虽然相对偏僻，但这里一度曾是涪江水域重要的码头之一，因其"山高皇帝远"，其他地方不能过去的，仿佛都能从这里过去。渡口分为上下两处，连着河东的新城坝、桃花河与河西香山镇，码头常年往返船只十余艘，承载着两万余人的日常往来。江水悠悠，气候宜人，两岸物产丰饶，码头上除了往来行人络绎不绝，轮渡和运输更是繁忙，这里不但是射洪北大门的咽喉，更是古代四面八方的人流和重要物资出入射洪的必经之地。尤其是在香山渡口，不但古街、古寺交相辉映，古渡、古树风光更是令人心驰神往。随着涪江大桥的建成，昔日的热闹也已消失，但越过市声浮华，置身古渡昔日的印记之中，敞开衣襟，望江水南流，风送晨昏，依旧会产生一种不由自主的悠然与舒畅。

金华古渡，原址位于当年的金华镇圣弥寺一带，自西魏置射江县（今射洪）至 1950 年的 1400 余年间，这里一直是射洪县城所在地。换个角度说，中华人民共和国成立以前，这里是射洪最繁忙的码头。它东连潼射镇、复兴镇，西接三台县、射洪县。江面宽阔，客货繁忙，往来熙攘。由于金华乃县城所在地，地势空旷，人口密集，货运、商船、人渡缕缕行行，时常将两岸渡口和涪江水面挤得水泄不通。这里的货船上接青川、平武，下通合川、重庆，人渡、车渡，颇有几分南唐后主李煜词中"车如流水马如龙"的繁盛。到清朝末年，金华船运已经基本形成盐、米、渔、排筏四大帮派，码头船只也已发展到按物资分类停靠的高级管理阶段，粮油、土杂、百货等，日吞吐量达到200余吨。到20世纪50年代，码头上已建成有着粮油、煤炭、化肥、棉花等物资仓库的数千平方米古街。但岁月更迭、物是人非，当年盛极一时的金华古渡，随着1999年金华电航桥工程的竣工而一夜之间退回到了岁月深深的记忆中。

大榆古渡，这里曾是古代著名的"太和八景"之一的"榆渡春风"所在地。全景式的大榆古渡应该跟涪江对岸的车路口码头（又称太和镇码头）和往下几百米处的车船码头是一个整体。查阅文小灰有关大榆渡的描述时，发现这位既不是中文系毕业，也没有作家背景的自媒体负责人，竟然有着比很多作家更为优美的文笔。他有一句很贴切的描述，说"大榆渡的背后，是欣欣向荣的太和镇的身影"，这是诗的语言。的确如此，大榆街市濒临涪江，依托广腴的大榆坝和小榆坝，丰饶富足，底蕴深厚，而对岸的太和镇，早在遥远的清代就已是四川四大名镇之一，其繁盛程度，达到了"车马未来人满路，鱼龙潜卧客乘船"的地步。正是大榆渡和车路口码头在涪江东西两岸的遥相呼应，才成就了射洪河运和工商繁荣的辉煌历史。不管是在战火纷飞、军阀割据的时期，还是在中华人民共和国成立以后的很长一段时间内，大榆渡和车路口码头，包括旗下的车船码头、货运码头，依旧承担着日常轮渡、军地物资和八方商贾的熙来攘往，甚至连两岸的风云变幻，也一直是码头上往来频繁的运送之物。

无论三十年河东，还是三十年河西，两岸繁华从来都与大榆渡口和车路口码头紧紧连在一起，虽然 1987 年建成通车的涪江大桥和此后四通八达的公路交通彻底结束了它们的历史使命，但渡口码头的光辉形象，一直被珍藏于旧日的位置。即便部分风貌因为打鼓滩电航的蓄水而沉入了"太湖"的碧波荡漾中，但同时也随着湖水的清且涟漪而隐入了射洪人的记忆深处。若是心有不悦，去河堤上走走，或者到渡口上站站，若隐若现的码头，仿佛仍然可以满足一颗心的临时停靠，就算暂时停不下来，让所有的烦恼都跟着江水顺流而下，也不失为一种很好的选择。

青堤古渡，位于大榆渡以南 20 千米处，古称"绮川渡""青平渡"。传说唐灭隋之后，因唐朝皇帝追封目连之母刘氏四娘为"青堤夫人"，更名"青堤渡"，一直沿用至今。码头依山临江，通街达巷，树木葱茏，水岸优美，涪江流经此地时，拐了一个优雅的大弯，江面异常开阔，从南北朝以来就是重要的水陆要冲。清人胥继昭在《江上吟》中曾有过这样的描述："散步临江渚，悠悠古道旁。一溪芳草茂，两树野梅香。浪静听鱼泛，风轻看鹤翔"，足见景色之优美。隋唐时期，这里是远近闻名的商贾云集之地，尤其到了清康熙年间（1662—1722），更是商贸繁荣，人气旺盛，很多重要物资皆是通过此处运出川中，直达省城和外埠。当年为了管理这个码头，朝廷还专门设立了盐税关卡和盐运使衙门，并且在关卡的旁边设有炮台，每日午时放炮三响，以示威严。过往船只、居民人等都要在此接受检查，若有不遵，一律大炮伺候。青堤渡口连接蓬溪、射洪、遂宁三地，由于货运极其发达，加之开明绅士捐资，清朝道光年间（1821—1850）还专门兴建了义渡，往来过客一律免费乘船。据记载，因受其影响，到中华人民共和国成立初期，射洪涪江全线义渡数量达到22处，船只40余艘。而历史上，这也曾是兵家必争的要岸，南北朝时期的兵乱、明末张献忠入川，以及李自成义军的西线军士均曾从此渡江。后因盐运衰落，涪江两岸陆路交通日渐活跃，渡口也变得越来越清闲。随着瞿河涪江大桥的通车，瞿河、洋溪两岸隔江相望的历史宣告终结，青堤渡口也随即化为美好的记忆。唯有码头上古旧的老屋、一棵棵荫天蔽日的黄葛树、满是青苔的古老的石梯和岩石上那些错落无致的拴船的石孔，记录着青堤码头昔日的辉煌。

"四大古镇"既是久违的高古之地，也是遥远的心灵之约。射洪的古镇原本不多，与那些声名显赫的地方相比，最大的短板就在于微不足道，但最大的优势也在于微不足道，惟其如此，才幸运地躲过了八方"恩宠"带来的折磨与践踏，也为我们守住了"石栏古拙听清流，瓦屋苍槐小径幽"的独特意境。

太和古镇，地处射洪中部，涪江西岸，山河灵秀，顺风顺水，曾是川东北门户，也是涪江沿岸水陆要冲。清康熙五十一年（1712年）设太和镇。1950年，因治所由金华镇搬迁至此而成为射洪县城所在地。

太和镇的雏形形成于唐宋时期。位于今天城北两三千米处的盘龙山沿江一带，风景秀丽，物产丰饶，伴随农副产品交易的逐渐频繁，一座名叫纳坝的小集应运而生。居民由最初的几户、几十户，迅速发展到一百余户，并逐渐向南边开阔地带慢慢扩散，太和镇的雏形也自此萌芽。在经历数百年的洗礼之后，到元朝时，因水灾泛滥、战乱四起，民不聊生，这个风雨飘摇的小集市，一夜之间又被毁于乱军野蛮的铁蹄之下。到明初撤销通泉县后，在今天的城西长乐山下设置了广寒驿，集市又才东山再起。随着百业的兴盛，到清廷改建从川东万县到成都的"成万大道"时，广寒驿顺其自然地成了这条官道上的重要枢纽，而太和镇也从此有了第一条名副其实的"省道公路"。后因流动人口的增加和盐业、织布、运输等行业的日渐繁盛，又陆续修建了通往江边码头的人车通道，德盛街及相邻的一系列大小街道和集市茶坊便由此逐渐形成。

太和镇名称的得来，与一场大水有关。据史料记载，清康熙五十一年（1712年）洪水泛滥，殃及民生，潼川知府携知县前来视察灾情，联想到昔日战祸残酷，纳坝被毁，今又洪灾肆虐，殃及百姓，便召集文人雅士，引经据典，取《周易·

乾·彖》"保合太和，乃利贞"，将镇名确定为"太和"。"保合太和"一词，包含着最高的哲学境界，也象征着中华民族的价值取向。其中"太和"二字，寓意中正调和，万物嘉祉，天下太平。随着农工商贸和水陆交通的日渐繁荣，太和镇一跃而成为与金堂赵镇、江油中坝镇和渠县三汇镇齐名的四川四大重镇之一，到军阀混战的防区制时代，太和镇已位列四川四大名镇之首。由于名声在外，引来八方人口迁户于此，一时千帆竞发，商贾如云，车水马龙，店铺林立，其繁华程度毫不逊于红飞翠舞的江南。而真正能成就这里千百年繁华的，除了得天独厚的地理位置与合和至上的大道人心，还有这座小镇丰厚的物产。倚涪江之水、仗地阔之利，自古民康物阜，尤其是清康熙时期（1662—1722），大量的食盐、蚕茧、棉花等远销埠外，本地所需粮油、煤铁等生产、生活资料也自给有余，更兼水陆便捷、交易通畅，太和镇由此一跃而成为川中一带重要的物资集散地。到雍正（1723—1735）、乾隆年间（1736—1796），已发展成为川中、川西和川东北粮油、五金、煤铁、百货和盐巴、绸缎、酒类、山货等最重要的批发、转运及销售中心。交通和商贸的繁荣，直接导致了人口的激增，太和镇城市建设也由此进入了革故鼎新的时代。据《射洪春秋》记载，到清朝初年，机房街、上北街、正中街、下南街、福照街等已经完全形成。随着省内外商家和移民的纷至沓来，一时间，修庙宇、建会馆，兴集市，此消彼长，不亦乐乎。宴请、娱乐之风，和煦温馨地吹拂着太和镇的大街小巷，一幅射洪版的《清明上河图》呼之欲出。

随着钱包的鼓胀和地位的日渐显眼，太和镇也屡屡遭人惦记。白莲教起义（1796—1804）和半个世纪后的蓝二顺起义（1859—1865），以及后来的军阀割据，都曾先后攻占，甚至割裂过太和镇，也将这里弄得瓦残屋破、一地鸡毛，经过很多年的重建修复，才慢慢恢复了元气。白莲教攻入之前，太和镇一直围有土城墙，第二年，即1801年重建时，土墙换成了石墙，并继续保持了长约2.5千米，高度5~8米，最高处达10米左右的建筑规格。在此后的多年时间里，根据城镇发展和功能需要，又先后开凿了七道城门。东为迎春门、朝阳门、德盛门，西为大西门、涌金门，北有平安门，南为阜财门。城楼上建有灵祖庙、卞阜庙、火神庙、嫘祖庙和真武庙一共5座庙宇。而早年的九宫十八庙，一部分散布于街巷，一部分坐落在城墙周边，形成了一种众星拱月之势。与此同时，城墙四周还设置了瞭望台，并各置炮台一座，死死守护着一城的平安。

旧时太和古镇的建筑风格，虽与同一时期的其他地方偶有雷同，但整体上呈现出廊腰缦回、檐牙高啄、舞榭歌台、小桥流水的风韵，又清晰地透视出射洪独有的文化风骨和山水精神。当年这座小镇的模样，让我一眼便能看出儒家的循规蹈矩和道家的舒展自然对其根深蒂固的影响和渗透。其实我非常赞同城市的意义并不完全在于"建筑的堆砌和集市的聚拢，而在于人与人之间发生的化学反应"的观点。这里的"化学反应",指的是人们在这里繁衍生息,诗意栖居,街头巷尾,邻里问候。这种剪不断,也理不乱的情结,有时对应的可能是一座石桥、一棵古树、一湾流水、一条小街,有时也可能是整座城市历史人文或者前世今生。一直以来,太和镇就是我的乐土。在少年时代和青年时代,我最喜爱的就是古老的城墙。但遗憾的是,在数百年天灾人祸面前也从未丢盔卸甲的古老墙体,如今却被现代文明笼罩下的市声浮华和辉煌灯火彻底"废"了。那条冠以陈子昂之名的子昂城,乍一看貌似长城,实际上却是商城。长1500米,宽12米,高度为8米,起于北门,蜿蜒南下,的确称得上逶迤富丽、气宇轩昂。我不知道这道"长城"到底为太和镇的商业和旅游带来了怎样的繁荣。我只是在想,很多没有文物古迹的地方,千方百计,甚至挖地三尺尚且要找出可能的"古迹",而我们却把这实实在在、万金难买且曾经有恩于这座古镇的老城墙毫不留情地打入了另册。我无意探究是非功过,但从知恩图报的角度来讲,我们于心何忍呢?即便新的"长城"实现了我们的"初衷",也呈现出了想象中的灯火璀璨和流光溢彩,又能如何呢?这条现代"长城",至少在客观上阻断了古今气息和血脉的延续,更让一座古城在历史文化的高度上,显得单薄而浅陋。值得庆幸的是,纵然经历了千百年的风风雨雨,太和镇的古墙仍旧有一部分意外地保留了下来。被保留的原因,也许是因为它的无用之用,也许是因为有识之士看到了它的存在与这座古镇千年文脉的深切关联，而我更愿意相信后者。被保留下来的部分虽已朱颜更改，形象斑驳，但当年傲然挺立、超凡脱俗的风采，我们依稀还能心领神会。

金华古镇，位于太和镇以北 40 千米处，涪江以西，因境内有贵重华美的金华山而得名。据《潼川志》记载，从西魏恭帝二年（555 年）置射江县起至 1950 年 1 月县治迁太和镇止，历经 1400 多年，这里一直为县城所在地。如果说太和镇代表了射洪的现在和未来，那么金华镇则象征着射洪的过去。

境内千年古镇风韵犹存，水陆码头的繁华依稀可见。当年"九宫十八庙"虽然大多已销声匿迹，但始建于南梁天监年间（502—519）的兜率寺（明朝重建）和与青城山道观、鹤鸣山道观、云台山道观并称四川四大名观的金华山玉京观，以及始建于清光绪十二年（1886 年）的火神庙和有着"百代人文渊薮"之称的文庙（即孔庙）至今大多保存完好，也吸引着无数寻幽访古的人们。尤其是有着"天下无双境，人间第一山"之称的金华山，更是植被繁茂，古木参天。不但有书香浓郁的陈子昂读书台，更有诗圣杜甫《野望》手迹拓刻于此。山上古刹凌空，云蒸雾绕，楼台亭阁，高古别致，画栋雕梁，檐牙高啄，江流环绕，碧波荡漾。陈子昂当年曾专门为之写下优美的《春日登金华山观》："白玉仙台古，丹丘别望遥。山川乱云日，楼榭入烟霄。鹤舞千年树，虹飞百尺桥。还疑赤松子，天路坐相邀。"

时代变迁，世事风云。随着县城的搬迁，金华古镇昔日的繁华虽已红衰翠减，但当年八街九陌、川流不息的风采和它骨子里那种华贵超然、典则俊雅，依旧洋溢着厚载千秋的风范。经过多年来的苦心孤诣和不懈努力，金华古镇目前已经形成一个庞大的景观"联合国"，除独领风骚的金华山外，既有镇、坪、坝的千姿百态，又有湖、堤、岛的美不胜收，更有古镇、古建筑、古庙、古城墙、古树、古戏台相得益彰的"六古文化"。整个古镇仙风道骨，别开生面，名副其实地成了融纳祥祈福、研学观光和休闲度假为一体的锦绣之地。

香山古镇，就是今天香山镇的古代部分。"香山"，原名杨家坝，因清康熙四十二年（1703 年），有僧众在山花烂漫、四野芬芳的山上建"香山寺"而得名。香山古镇位于涪江之滨，素有射洪"北大门"之称，融古街、古渡、古寺、古树"四古"为一体，优雅别致，风光独特。因其独具的高丘地貌和田园山水，造就了别有千秋的江上风情和清香四溢的水岸风光，更兼数十棵树龄在 300 年，甚至上千年的古榕树的呼拥环抱，一种温馨、宁静的，透着童话和梦幻色彩的古镇氛围，让人仿佛置身于"疏松影落空坛静，细草春闲小洞幽"的古典意境之中。这些见证了香山千年沧桑的旷古奇树，或置身于香山寺外、街口河边，或静立于街头巷尾、市井半山，高古质朴，绿荫笼盖，虬枝矍铄，既为香山古镇塑造了神秀的风光，又为古镇的人们带来了心灵的清爽。

香山紧靠涪江，自古也是水陆交通要道。闻名远近的香山古渡，船帆林立，往来熙攘，既是古代兵家的心仪之地，更是盐铁、粮油及日杂奇货的装运码头。这里现存的古老建筑，虽已不成规模，但当年的风韵却丝毫未减。小青瓦、木板房和古意十足的民居风貌，清爽中透出小巧，俊秀中带着清逸，气质一点不输婺源、涞河，甚至泰国清迈那样的名镇。著名的桃花河旧石器时代遗址，就在境内涪江与桃花河交汇处。随着发掘工作的不断深入，一个以涪江的宽阔、桃花河的蜿蜒、旧石器遗址的高古和香山镇的古香古色为蓝本的新时代香山，正像一幅熔古铸今的山水人文图景，清晰地呈现在我们眼前。

青堤古镇，地处涪江东岸，与太和镇相距23千米，与西岸著名的沱牌舍得文化旅游区隔水相望。民间曾流传一种说法，说没有目连，就没有青堤。据史料记载，南北朝时期，因其山川绮秀，风光俊美，梁元帝继位后，灭侯景、除八苗，取乱后清平之意，将其命名绮川渡。隋灭唐兴，唐朝皇帝追封目连之母刘氏四娘为"青堤夫人"，从此更名为"青堤渡"。青堤，原本不过一条独街，沿江而建，状若长龙，陈子昂的"百里洪州望无涯……青堤自古攘大家"的诗句，描述的就是唐朝初年青堤的状况。从当地的碑记上，至今能清晰地看到这样的记载："其地前有梓水，后有环山，左有华严寺，右有会缘桥，更与铜鼓、金鳌、自流、龙池诸名山遥遥相映，诚所谓上通三岛之秀气，下达四海之水源，何莫非灵气之发祥而镇由是以成焉"，地理位置十分优越，也曾是古代射洪南线出川的必经之地。此地水陆皆为要道，我曾在《青堤古渡》中记述过它昔日水陆繁忙、商贾云集的盛况。康熙年间（1662—1722），的确也因蜀地井盐贸易的空前兴旺而一度成为射洪、蓬溪一代盐运和货物进出的重镇。

少年时代，我曾跟随父亲若干次去过青堤，那些错落的石板路，参差的吊脚楼，回环的小巷步廊，斑驳的白墙灰瓦，跟我大半生的人生道路，颇有几分相似之处。沿街而上，大青石的街道两旁，房屋与房屋摩肩接踵，左右勾连，想要在户与户之间找出一丝缝隙，简直比登天还难，也正是这种一连到底的建筑，促成了千百年来小镇居民之间，尤其是邻里之间的亲密无间和风雨同舟。而街道两边的房屋，基本都是传统的穿斗结构，又大体遵循一楼一底、前店后宅的商住布局。门面是清一色的木质门板，镶嵌拼接，开合自如，屋后通常会搭配青石板的天井、水缸，四川民居的风格，在这里被演绎得淋漓尽致。如今，随着瞿河涪江大桥和两岸高速公路的开通，青堤古镇早已不再有往日的繁荣，但当年的古渡依稀还残存着独有的风韵，明清古建筑尚有局部得以保留。据范国蓉女士提供的资料显示，源于中华民国时期，以惊、险、奇、美著称的非遗项目铁水火龙发端于清末，曾在《舌尖上的中国》惊艳亮相的青堤菜刀，以及源于唐代目连救母的故事和传承千年的地方戏剧《目连戏》，成了射洪文化宝库中的一笔珍贵财富。

在射洪悠远的旧日时光里，除古镇、古渡外，自南梁武帝始建金华兜率寺以来的 1500 多年佛寺历史长河中，以国家级重点文物保护单位饶益寺和至今保存较为完好或者香火依旧旺盛的兜率寺、镇江寺、香山寺、白流寺、登云寺、大悲寺等为代表的佛教寺庙，也是射洪藏瑞纳福之地。因篇幅所限，不能一一记述，但任何时候行至寺中，不管是烧香拜佛，还是品茗小憩，不仅会生出一种心静则万物静的安然，更能在众木繁荫、香烟缭绕的氛围中，领悟到一种"云深不知处"的神闲与洒脱。其实只要心存善念，并始终保持一份闲情，一份逸致，漫长的人生旅程和丰厚的旧时光之中，随时随地都可能找到一个千姿百态、洞古鉴今的自己。

山水文化旅游区

这个区域特指天造地设的"四大湖旅游区"。在我的辞典里，湖的意义并不在于广阔，而在它的清澈与通透，在于是否可以洗涤尘埃、润泽大地。湖水蓄积起来，除了美观，还要映照，因此湖的另一种功能，就是告诉天空，它到底美在何处。而一旦我们把心放在水中，就会发现，天空其实从来都没有高出过人心。这让我想起多年以前在瑞士卢塞恩湖畔，我跟一位当地作家聊天时，曾高仿鲁迅先生的口吻说，这湖太美了，但也被作家写坏了。翻译首先大笑起来。我接着补充道：一座湖，必须要照见人心，才能算是好湖。

这很难理解吗？走近射洪四大湖泊中的任何一座，你都会发现，跟别的湖泊相比，射洪湖泊的血统源于纯正的涪江活水，清冽可鉴，正好诠释了大儒朱熹的名言："问渠那得清如许，为有源头活水来"。在我看来，不管是现实中的湖，还是想象中的湖，功能其实也就三个方面：既要貌美如花，又要浇灌庄稼，还得发电养家，身兼三职，举足轻重。其存在意义，既现实，又深远。在射洪，不管是苏东坡的"水光潋滟晴方好"，还是刘禹锡的"湖光秋月两相和"，遇上"金湖""螺湖""太湖""柳湖"这四大湖泊，任何描述似乎都显得美中不足。

金　湖

"金湖"位于金华山脚下，陈子昂读书台以东，因金华电航工程截留涪江之水，形成宽阔湖面而得名。"山""湖""堤""岛"几大景点皆以"金湖"为中心展开。湖面形成之前，涪江如同一匹脱缰的野马，直通通就扑向其下的太和镇，除了连年水患殃及百姓，更是将射洪的历史冲撞得措手不及。为了更好地控制和利用水资源，1996年10月，金华电航桥开工建设，1998年12月，提前实现了首台机组发电，到1999年年底，总长520米，坝高22米的涪江跨江大桥正式建成通车。一条在自由主义道路上我行我素了上千年的河流，从此变成了以蓄水发电为主，兼具航运、交通、防洪、灌溉、旅游、生态等功能的现代湖区。无论是谁，当你在湖面遥望四野，目送流云，高声朗诵陈子昂的"前不见古人，后不见来者"，或者站在桥的中央面向金华山门，慢慢品味那副"上方有奇怪，千点花飞千点雨；金华多胜景，一重云锁一重门"的千古一对，你自会发现"金湖"之美的与众不同。

螺　湖

从"金湖"往下 20 千米，就到了螺湖。位于射洪县城太和镇以北的螺湖，跟"金湖"一样，是涪江截流修建电站而形成的活水湖泊。因景区内有著名的螺丝池险滩而被称为"螺湖"。为了破解"螺丝池，鬼门关，十只船过九只翻"的魔咒，射洪政府于 1992 年建成了融发电、交通、旅游、浇灌于一体的螺丝池电航工程。其通航、控水原理，跟葛洲坝三峡水利工程大同小异，尽在掌控，收放自如。

我高中时代就曾在这里周游、学农，几十年来，先后多次流连于此。最初这里叫螺丝池，玩着玩着便有了电航桥，连年洪灾，也不知不觉变得顺风顺水，再后来随着电航的建成，"高峡出平湖"的理想终成现实，因涪江、梓江两川之水的融会贯通，一座烟波浩渺的湖泊也就此横空出世。大自然的洪水被镇住了，内心的洪水，也渐渐变得波平浪静。我曾多次跟身边的朋友开玩笑说，螺湖是我们看着长大的。两条清澈的江水，如两道苍劲的笔画，将梓江写成飘逸的一撇，又将涪江写成厚重的一捺，一个大写的"人"字，镌刻在空阔的螺湖之上。有人说，螺湖三面环山，也有人认为是四面环山，其实都对，又都不对。一个"人"，如果一生几面环山，那么他一定会出门受阻，处处坎坷。在成为螺湖之前的成百上千年里，谁曾看见两江之水受到过山的阻碍？与其说螺湖几面环山，不如说四周的山都簇拥着螺湖，并随螺湖碧波的荡漾而呈现出山环水绕的壮丽。也许正是因为看懂了这一点，被称呼了多年的螺湖景区，才从最初的螺丝池、龙宝山、陈子昂墓园开始，随着富螺湾、螺湖公园、螺湖半岛、双江村花海和文宗苑等元素的增加，而一跃成为今天耀眼夺目的两江画廊。就像当地官网上所描述的那样，"两岸树木葱茏，苍翠欲滴，湖边小桥流水、平畴沃野，水面微波荡漾、诗意盎然"。这里不但是休闲观光、整理心情的首选之地，更是环湖游乐、寻诗觅画的艺术天堂。这里曾举办过包括中美滑水明星对抗赛在内的众多文体赛事，也因遂宁国际诗歌周暨《诗刊》2020—2021年度陈子昂诗歌奖颁奖活动在文宗苑的隆重举行而引得中外诗人诗兴大发。宽阔的湖面，不但体现了空旷、包容的心胸，更是让射洪这座具有1400余年历史的旅游文化名县，通过一湖碧水的清澈与浩渺，散发出了前无古人的迷人魅力。

太　湖

　　离开螺湖，一支烟的工夫就到太和镇了。进了镇子，向东，往涪江方向，只要你看见了涪江大桥和既无淡妆，也不浓抹的一汪碧水，也就到了水光潋滟的"太湖"了。此"太湖"非彼"太湖"，也丝毫没有慕名跟风之意。只因身处县城太和镇，又因城南一千米处打鼓滩电站拦河蓄水形成"潮平两岸阔"的天然城市湖泊而得名。

　　我是土生土长的射洪人，多次经历过洪灾和电力缺乏之苦，也见证过当年旱魃为虐，河落水干，让整个城市一片狼藉、不堪入目。为了彻底改变靠天吃饭，任水宰割的命运，射洪人于2014年1月正式建成了上接螺丝池水电站，下衔柳树电航工程的打鼓滩水电站。除了江流一碧如洗、湖水清且涟漪，湖面宛如一道闪着圣辉的屏幕，将漫天的云霞和四周的花香鸟语，映照成一幅波澜不惊的高清画卷。建成后的太湖，除了具备发电、通航、防洪等功能外，在蓄水、灌溉、生态、环保和旅游开发等方面，也发挥着极其重要的作用，既极大地改善了人居环境，又天遂人愿地提升了城市品位。不管你是在湖畔居家，还是偶尔来观光、锻炼，只要进入了湖水的视线，就再难分清是你的心情渲染了粼粼的波光，还是湖水的通透，照彻了你的心情，又或者是你与湖水、与天空三者之间的水乳相融，成就了湖里湖外的春和景明与一碧万顷。尤其是春秋之际，或独自一人，或良友二三，在大榆渡黄葛树下，抑或太湖西边河堤沿岸，随意找个茶馆，茶水浓一点、淡一点无须计较，茶叶好一点、差一点更不必在乎，就像我在写遂宁的《普门茶品》一诗里所说："一杯白水加几片茶叶，时光马上就有了滋味"。作为普通人，这也许就是人生的另一种安放之处，在平常的日子里，一杯湖光山色，一湖云淡风轻，平淡到不能再平淡了，"也无风雨也无晴"的境界，也就离你不远了。

柳　湖

沿太湖继续南下，20千米处便是"柳湖"。乍一听，有点懵，难道与柳树有关？是的，它的所在地就是柳树镇，现已更名沱牌镇。柳树，明朝崇祯年间（1628—1644）兴市，因驻地柳树沱而得名。"柳湖"形成的原因，跟射洪其他三大湖的形成如出一辙，依旧缘于电航工程截留。"柳湖"，以柳树（沱牌）为主，整个水域还包括对面西岸的青堤古镇。2013年10月开工，2016年9月竣工投入使用。功能也与其他电航工程大同小异，工程横跨涪江两岸，以发电和航运为主，兼具防洪、环境、蓄水、生态、旅游、农田灌溉、渔业发展等功能。特别之处在于，柳湖的水域面积比上游的金湖、螺湖和太湖都要宽广，而且它的清澈度，更是早已让蓝天白云和春花秋月很难在自己和湖水之间分出界限，天以为自己是在水里，水以为自己是在天上。曾经被历代诗人、画家描述得惟妙惟肖的水天一色，到了这里马上就能找到对应。难怪我每次到了柳湖总有一种豁然开朗的感觉。更值得期待的是，湖水蓄满之后，被碧水环抱的两座天然孤岛——耗子岛和大中坝岛，一夜之间成了价值连城的稀世珍宝，也成了集旅游、酒店、养生和美酒于一体的"世外桃源"。

如果说蜿蜒的涪江，如同一根翡翠项链挂在射洪的脖子上，那么沿岸的四大湖泊，则是吸天地之灵气，纳日月之精华而凝成的四颗嵌在项链上的璀璨珍珠。要是在早晨，曦出江东，湖面上的粼粼波光，如柔软的翠玉随风起伏，无论从哪个角度，你都能看见自己的内心与湖光山色彼此映衬下的无边空阔。如果是黄昏，徜徉湖上，把酒临风，看落霞孤鹜，秋水长天，自然是"心旷神怡，宠辱皆忘"。也往往在这种时候，尤其是在柳湖，在舍与得、彼与此、进与退的平衡中，你会从湖水和晶莹剔透的反光里，找到一个淡泊明志、意境深远的自己。

城市公园旅游区

能放得下一颗心的地方，才配叫公园。而公园，并不一定要有多大、多宽，也不在于有多漂亮、多古老，主要是看它离我们是远是近。再漂亮的公园，如果不能跟你的审美、喜好和情感变化保持同一频率，无法让你心动，就算住在里面，又能美到哪里去呢？一个园子，就算名不见经传，但能物我同一、心心相印，马上就能让你产生陶渊明笔下那种"久在樊笼里、复得返自然"的惬意与放松。

因而，在我的理解中，公园既是心灵的客厅，也是生命的后花园。如果苦了、累了，想暂离沉闷的现实，公园就是人的第二现实，也是你的"家外之家"。如果风调雨顺，岁月静好，也可以把想象打开，去公园走走，看看天空，看看流水，此时的公园，又是你与自己内心约会的地方。正如苏东坡所说："江山风月，本无常主，闲者便是主人"。而在射洪，在日常生活中，公园既能安放那些无处安放的心情，又为我们储存着心仪已久的自由与想象。以平安风景区、紫云文化公园、子昂文化广场、涪江湿地公园和打鼓滩文化公园为代表的城市公园，像众星捧月一样，捧着一座城市的优雅与轻盈，也描绘着我们的梦想和心跳。

为了能把城市公园建在人心之中，从而彻底改变太和镇的面貌和生态环境，从 2021 年开始，射洪以"六街两广场"为切入点，开始了全方位的以生态修复治理、交通组织完善和城市面貌、绿化空间提升为主要内容的城市升级战略。不管对射洪城，还是对射洪人来说，这无疑都是前所未有的惊喜。于是，在"整洁、美观、提升、示范"的城市更新四项基本原则指导下，城市公园，作为公园形态与城市空间，市井生活与良好生态相得益彰的城市核心元素，在太和镇的梦想之中风光绽露。

平安风景区也叫花果山，或者平安森林公园，更早的时候叫平安寨。据《射洪县志》记载，此地本是明清时期为抵御农民起义而修筑的防御性山寨。景区位于城市西侧，植被覆盖率达95%，是一个以原始森林为依托，以诗画康养为主题，采用绿色低碳理念打造而成的拥有"一心两轴三区十景"的场景式主题景区。进入景区的道路有三条，从东山门方向进入，既可步行，也可乘车，如果选择另外两条路，那就只能安步当车了。要是从东山门起步，一口气爬上二百多步石阶，马上就到山门牌坊和登高民俗区了。当你在东山门欣赏完"野芳发而幽香，佳木秀而繁阴"的诗中之画和画中之诗，便可穿过迷人的樱花广场和贺诚生平陈列馆，而这时候，"步步高"也就出现在眼前了。一个磅礴大器的牌坊上，由大书家刘云泉书写的"步步高"三个字，以一种极其放松的姿态，恭候着你的到来。平常总是叨念步步高升，真正登上来了，反而觉得比想象中平坦了很多，就像一生的道路，平坦的地方往往不在平地，而在陡峭的高处。过了"步步高"，穿过森然树阵，巍峨壮观的白塔、登云寺、罗汉堂和二十四孝堂，就历历在目了。既可流连四时鲜花，也可沉醉蓝天白云。如果还想多一份"欲穷千里目，更上一层楼"的心得，那就再往前走，焕然一新的登云楼早已替你准备好了千山万水。此楼始建于清道光四年（1824年），5层8面，高

33 米。时间非常古老，但后来又让时间自己把它推倒了。射洪人从不信邪，有高度的东西，绝对不能轻易地被埋没，于是如今的登云楼也从当年的 5 层变成了 9 层，高度也由原来的 33 米，长到了 54 米。谈笑之间，"一层一境界，一楼一风景"的射洪版"滕王阁"巍然屹立。登斯楼，既可体验到范仲淹式的衔远山，吞涪江的万千气象，又可欣赏到王子安"层峦耸翠，上出重霄；飞阁流丹，下临无地"的哲学意境。如果你还有更长远的眼光，不妨直接登上顶楼，在那里不但可以俯瞰射洪古今，还可以瞭望射洪的未来。要是你真能登上某种高度，"先天下之忧而忧，后天下之乐而乐"的情怀，自会油然而生，而多年以后，射洪百姓更会为你再修一座登云楼。

如果是往木孔垭方向上山，就必须途经传说中的与众不同的"养心栈道"。这里是景区的西门，也是早年平安寨的后门，早年这里有一条弯弯扭扭的小路，乱石嶙峋，杂草丛生。如今小路已变成了一条 900 米长的沿山"养心栈道"，既可一扫沿途的枯燥与荒芜，也可跟随太阳的脚步，一步步走出低谷。当夕阳西下，落日熔金，不管你站在哪个角度，又总能生出一种"清风明月本无价，近山遥水皆有情"的畅然。

而比"养心栈道"更令人神往的是"同心栈道"，位于景区中部的枇杷沟，面东朝北，全程 3000 多米。这是依托花果山的地形地貌顺势而建的"S"形金属结构栈道，既有苍翠欲滴的森林相拥，又有怡然舒爽的清风相随，还可以选择一处仿古廊亭，远眺射洪全景。东风夜放花千树，万千灯火闹春桥，极致的美其实还在夜间。不管站在哪个角度，仿佛都能跟眼前百变的萤火虫、蝴蝶灯和爱心光带融为一体，并一起成为这场半山灯光秀的共同主角。不过美得略嫌漫长，稍不注意就会沉溺于深深的人海和灯海之中。与众人不同的是，当很多人顺流而下之时，我却义无反顾地选择了逆流而上。当我穿过回环的栈道站在最高位置纵目回望的时候，才忽然明白了"同心栈道"的真正含义，它不但让过去漆黑的山头与辉煌的城市有了同样的光亮，也让城里的人和城外的人，熟悉的人和陌生的人，甚至让冤家和仇人，也相安无事地走到了同一条道上，成了辉煌夜景的一部分。

下了花果山，只需耗费几分钟的青春时光，紫云文化公园就尽在眼前了。这是利用前锋渠和武安河水系排流轨迹描绘而成的一处融古典气质与现代精神于一体的独特园林。既有苏州园林式的亭台楼榭和小阁临流，又有巴蜀风格的疏朗古朴与山水相依。拱桥古风古韵，草木活色生香，园林景观搭配深得宋元意境，既有涓流，又有飞白，参错有致，天人合一，变化万端。而造景途中，尤其注重从"无景处求景，无声处求声"，以致动中有静，静中有动，景中有景，画中有画。也正契合了园林学家陈从周先生所说的"山必古，水必疏，草木华滋，好鸟时鸣"，而园中建筑，每每依韵而建，所有的植被、铺装、雕塑，不绮丽，也不夸张、惜墨如金，恰到好处，这与最初以

"自然、生态、人文"为主题的设计理念，形成了慎始如终的首尾照应。

公园占地面积 650 余亩，既有文化、艺术中心，也有儿童活动中心和老年活动中心等多种功能区。我一直试图为这个园子寻找一个主题，却又始终百思不得其解。直至 2023 年 3 月 13 日"射洪文艺家活动中心"在全市文艺发展大会期间的隆重挂牌，才让这座公园中的公园有了文化，有了自己的"文化"灵魂。此后，从不间断的书画作品展览、此起彼伏的文艺研讨，以及围绕休闲、健身、观花、赏月而展开的各种文化活动，更是层出不穷。想起早年"太阳湖"时期的清冷与安静，想起"太阳湖"之前的荒芜与落魄，老百姓口中的"翻天覆地"这四个字，无疑是对其今昔变化的最贴切的描述。说到文艺家活动中心的得来，还有一段非常有趣的小插曲。文联主席马海燕告诉我，她是历经了好大一番周折，才从众多的场地资源中，发现了这处仿佛上天为文艺家量身定制的绝佳场所。但拿什么去消除发现与实现之间的距离呢？资源在别人手上，小小的文联主席，凭什么把别人的东西揽入"自己"的囊中？这个为了文艺事业早已豁出去了的"拼命三娘"，及时召集文联副主席魏仕元、秘书长赵彬伶等，加班加点凑足了理由，并在相关领导的全力帮助下，最终获得了这个连神仙也只能望而兴叹的风水宝地。更有意思的是，在装修过程中，为了催工期、保品质，魏仕元几乎把装修现场的烟尘、噪声，都当成美术和音乐欣赏了。

除了文艺家活动中心外，此前早已建成的文化馆、图书馆和博物馆，更是以其不可取代的整体气势，从另一个耀眼的角度，观照着公园的朝晖夕阴，花开花落，也显示出这座公园，乃至整个射洪的文化气质。博物馆里，不但馆藏着珍贵的文物，也珍藏着千百年来射洪人的美好记忆；图书馆里不但存放着纸质图书近25万册、电子图书10余万册，也珍藏着射洪人厚重的书香品质。而文化馆，既要文，也要化，如同《易经》所云："观乎人文，以化成天下"，双重功能，多种艰辛，很多人不太理解文化馆都干些什么，其实，他们一直干着十年树木、百年树人和春风化雨的事情。如果把"三馆"跟文艺家活动中心加在一起，紫云公园既有了主角，也有了主题，更有了超凡脱俗的"文化"灵魂。"迟日江山丽，春风花草香"，每次离开这里，心里总有那么几分依依不舍，每次站在诗情画意的揽月桥上，回首前锋渠水进入紫云公园时形成的那挂飞珠溅玉的飞瀑时，总是感觉有些东西一不留神就化成了烟雾，又仿佛看见另一些东西，在转眼之间变成了珍珠。

当我来到人群熙攘的子昂文化广场时，正值春风入夜，华灯初上，歌舞升平，气氛异常热烈。其实，平常间这里更像是一个全日广场，建成以来，一直是周边市民休闲、购物、健身、娱乐的首选之地。说是广场，其实它一直担负着公园的功能，履行着公园的职责。这里曾连续三年举办过遂宁国际诗歌周的

"万人诗歌朗诵会"和多种大型公益活动，为这座城市的形象树立和市民的安居乐业，立下了不世之功。广场已20多岁高龄，老态龙钟，外观残旧，并且地下箱涵垮塌、沉陷，浮雕墙倾斜，喷泉严重毁损，安全隐患四面埋伏。从2021年下半年开始，政府利用半年左右的时间对其进行了全方位的升级改造，既重塑了浮雕文化墙、增设了花台基座、景观光彩，又翻新了华表、诗歌墙和陈子昂铜像，同时更新了景观水池，重设了喷泉、水景和文化绿道。尤其是在整治塌陷、破损的时候，他们首先拔掉一切隐患，再把日子最安稳、最光鲜的一面，一层一层铺装到广场上。而整个广场一改浓荫蔽日的传统思维，形成了别具一格的敞亮与空阔，也更接近射洪人明亮、简单的个性。除了简单的雕塑，广场中央丝毫没有堆砌半点多余的构筑物，充分体现了射洪这座城市的宽松与包容。这不但保证了广场改造与人文特色相结合的初衷，也与政协主席邓茂在视察城市公园建设现场时所提出的"集历史、文化和科学合理于一体，涉及历史名人、民俗文化，既要凸显代表性，又要经得起时间的推敲"的要求，保持着高度的一致。

升级后的子昂文化广场，继续恪守了独特的"诗酒主题"。巍然屹立的陈子昂铜像、沈鹏手书的《登幽州台歌》，以及广场一角绿荫映衬下的《感遇》三十八首诗歌墙，充分显示出射洪深厚的文化底蕴。而气势恢宏的舍得酒樽，则高高矗立于广场东边，仿佛每天的晨曦和月色，都得先用它满满地斟上一杯，既敬先贤陈子昂，也敬珍贵的远方宾客。广场不但注重了文化内涵的丰富，更实现了多元化、多样化的商业形态的注入。随着子昂金都酒店、旷逸酒店和新时代电影城、21K 咖啡等一批高端商业载体和文化设施的次第亮相，一个以商业中心、大型卖场、星级酒店和城市综合体为一体的新商兴业带，已经基本形成。

沿子昂广场经体育中心往东直行，到了涪江边，就到了涪江湿地公园，这里也是著名的湿地生态系统自然保护区。这个公园依托的对象是县城防洪堤和碧水蓝天的太湖风光。太湖由涪江截留而成，天光云影，无边清澈，而湿地公园则是在始建于中华人民共和国成立初期的防洪大堤和涪江水岸绿洲的基础上，一步一步形成的。随着县城防洪堤的多次延长和加固，一个以生态、环保、康养、休闲为主题的江景湿地公园已经完美呈现了出来。从它长达 10 余千米体量和气势，一眼就能看出，太和镇是一座没有小肚鸡肠的城市。它不但有长龙的外形，更不乏委婉、自然的内在，宛如一根翠链，从北到南，串连着北鹭州湿地、启航广场、盐井广场、太湖湿地、涪江文化广场、未来广场、打鼓滩公园等近 10 个特色广场，把射洪的诗酒之魂和人文理想，高度凝练地融为一体，俨然射洪精神与文化谱系的真实再现，也形成了一个由多种元素组成的城市公园集群。其实，射洪的城市公园还应该包括凉帽山公园、河东湿地公园、五佛洞风景区以及建设中的打鼓滩森林公园等，它们以千姿百态和万种风情，坐落于人们的想象之中，坐落于诗意的现实之中。

第三章

风声 雨声 读书声

古代的书院，不但为射洪培养了人才，也一定程度上弘扬了几千年来的优秀文化，更是因其对中国历代优秀教育传统的传承而成为中国教育发展史上极其重要的一页。

去无锡，必去由北宋文学家杨时创建的东林书院，这里也是明末"东林党"成员聚集地。有个成语叫"程门立雪"，讲的就是杨时高中进士后弃官求学的故事。明末，东林党人顾宪成在此讲学期间，曾撰联："风声雨声读书声声声入耳，家事国事天下事事事关心"悬挂于书院，因一语道出了读书的本质和读书人的心声而引起天下共鸣，并传之后世。"风声雨声读书声"是一种体验与经历，"家事国事天下事"是一种修为和担当。为何读书，怎样读书，在这副对联里讲得一清二楚。如果把它跟儒家经典《大学》联系起来，很显然，其主旨跟"三纲八目"中的"修身、齐家、治国、平天下"一脉相承。与西方教育的神学背景不同，中国教育的雏形，最早源于商朝。贯为商王的武丁，为了让更多的人才能参与治理国家，便挑选了很多贵族子弟来集中学习。由于人才奇缺，很快又把培养对象扩大到平民，于是最早的中国教育就此萌芽，紧随其后的便是私塾的产生。很多人认为，私塾源于孔子，其实这是一种错觉，早在孔子之前，私塾就已经存在了。孔子名气太大了，就像当今社会，你名声在外，好事坏事都一股脑儿往你身上堆。作为一种民间办学形式，到西周时期，"私塾"又很快演变为乡学中的一种形式，到了汉代，正式成为具有一定规模的学堂，而"书院"这个名称的正式确立，却是在唐玄宗开元六年（718年）。据《新唐书·百官志》记载，"开元六年，乾元院更号丽正书院"，这座位于洛阳紫微城的丽正书院，便是我国最早以书院命名的机构，具有一定的官方性质，但又并未完全取代官学的地位，因而始终与官方学堂优势互补，相得益彰。由于唐宋时期政治开明，政策宽松，民间书院也方兴未艾，一时百花齐放，百家争鸣，书香之气如云奔潮涌。相继出现了被称为天下"四大书院"的应天书院、岳麓书院、白鹿洞书院、嵩阳书院，以及著名的东林书院、石鼓书院、鹅湖书院，等等。书院这种形式，以其独特的教育组织形式和管理制度，为传播文化、教化社会、推动人类文明的进步发挥了不可小觑的作用，但随着1840年鸦片战争后列强的进入，西方学校的兴起，光绪皇帝于1901年一纸诏令，改书院为学堂，于是延续了一千多年的书院，就此终结。胡适曾在感叹书院终结时说过这样一句话："书院被废，实是吾中国一大不幸事。一千年来的研学精神，将不复现于今日。"胡适的担忧不无道理，但也暴露了这位前卫的思想者骨子里的因循守旧，也恰恰是旧时书院的废止，为新学，尤其是为十多年后的新文化运动的萌芽，留出了一片广阔的土壤。

古代十大书院

　　古代书院早已远离了我们的视线，但书院这种形式，却一直在民间以各种不同的方式存在着，尤其是在文化繁荣的今天。除了遵循古代书院的蛛丝马迹恢复、修缮而成的专业书院外，街头读吧、乡村书屋，农家书院，以及书吧、读书会，阅读群，写作群，朗诵团、研学社等各类具有书院性质的场所团体，或官办，或民办，功能繁复、方兴未艾。一个小小的射洪，就先后出现了射洪作协旗下的感遇诗群、小说群、散文群和陈子昂诗社、陈子昂文学社、陈子昂研究会、老年书画研究会、老年书画协会、老年大学诗书画院和陈子昂诗社来者吟诵团、《校园文学》社、诗词楹联学会，以及名目繁多的高研班、补习班、研学会等。看起来很形式自由，事实上也都不同程度地担当了书院的职能。在这样的前提下，我们重提书院，首先无疑是有追念之意，当然也更期待能通过这扇早已关闭的门，打开另一扇曲径通幽的窗。有一次去岳麓书院，我着实就把赫曦台的99级台阶看成了一篇一篇的书页，"颜如玉"也好，"黄金屋"也罢，进了那扇古书一样翻开的大门，一切又似乎皆有可能。

作为当年的穷乡僻壤，射洪本地书院的兴起自然也比岳麓书院晚了很多，唐时虽已偶有出现，但形成一定规模，却是在宋。据《射洪县志》记载，射洪最早的书院，也就形成于这一时期，但在经历了元、明两代战火和自然灾害的侵袭之后，又大多遭遇毁损。直至清道光、同治以后，县内各乡镇才又开始恢复重建。到清末，全县相继形成了以金华书院、广寒书院、东山书院、蓬莱书院、崇文书院、回龙书院、金台书院、斗山书院、登云书院、崇文书院为代表的十大书院。

据《射洪县志》记载，射洪最早的书院是金华书院，也是当时与成都锦江书院、芙蓉书院等齐名的清代重要书院之一，因地处金华山麓而得名。据元代遂宁进士文礼恺《金华书院记》记载，金华书院位于古县城金华镇以南，始建于宋，明末毁于兵火，到清代乾隆十九年（1754年）重建。光绪二十七年（1901年）改书院为学堂，后又更名为射洪县第一高等小学，院址为今天的金华中学。据史料记载，金华书院是当时射洪唯一的书院，比境内第二座书院的出现还要早好几十年。

而广寒书院则位于今县城太和镇西门外，是清道光二十八年（1848年）由本县监生夏德兴提请知县何玉成以济民局余款创办的。最初只是租用了广寒寺的僧舍，后迁至广寒山麓荷花池畔的广寒驿行馆。随着城市规模的扩大，学生人数不断增加，到同治十三年（1874年），不得不再次斥资改建，并进行了装饰翻新。光绪二十七年（1901年），随清政府书院改制之机，改为射洪县第二高等小学堂，旧址为今射洪中学。

东山书院，位于洋溪镇书院村，院址即今洋溪镇中心小学校。清咸丰（1851—1861）、同治年间（1862—1874），由洋溪当地士绅熊学儒、李成林等人先后倡议，几经周折，才终于在同治七年（1868年）建成，同治九年（1870年）正式延师开馆，到光绪十年（1884年），由举人王相观和文生熊朝彦、监生郭徽伟等加以扩建，并在光绪二十七年（1901年），改为初等小学堂。

此外，还有建于清道光五年（1824年）的青岗斗山书院、建于清同治年间（1862—1874）的凤来崇文书院和建于清光绪十二年（1886年）的蓬莱书院（院址即今天仙中心小学），以及同年修建的崇文书院（院址为今复兴镇中心小学）和稍后由清术士绅陈绥杰等人筹建的太和镇登云书院。射洪所有书院中，最晚的是光绪二十八年（1902年）建成的金台书院和回龙书院。其中金台书院建在金山场，院址即如今金鹤小学，回龙书院建在东岳庙，院址即今东岳小学。很显然，这两个书院都是违章建筑，因为光绪皇帝早在1901年就下达了终止书院的命令，而金台、回龙两院竟然在第二年才完成修建，看来山高皇帝远也并不是没有好处。古代的书院，不但为射洪培养了人才，也一定程度上弘扬了几千年来的优秀文化，更是因其对中国历代优秀教育传统的传承而成为中国教育发展史上极其重要的一页。

灵魂工程与现代教育

苏联领导人加里宁曾说："教师是人类灵魂的工程师。"这是迄今为止我所见过的，对于教师和教育工作的最精准、最具高度的评价。踏进校门伊始，一个人就把身体和灵魂都交给了学校和教师，日后的岁月里，你是否能成其为人，也完全取决于教师的塑造，换句话说，如果没有了教师，人还能算什么呢？就像大哲学家康德所云，人，只有通过教育才能成其为人。康德所说的教育，指的就是灵魂教育。很多人认为，古人读的书主要就是《四书五经》，其实这是一种误解。古人非常注重知识的丰富性和包容性，不但读百家经典，还要学习天文地理、农林水利、医卜数术、军事政治、诗词歌赋，等等。我们平常读古典诗词，就能感受到古人读书的包罗万象，这也就是我们通常所说的"读万卷书"。除了读万卷书，古人更注重"行万里路"，于是游山玩水、广交朋友，也成了古人的必修课。古时候，一个男人如果不到处去游山玩水，结交名人雅士，会被人嘲笑为井底之蛙，就像当今有些日本男人一样，工作再苦再累，下班后都不能早早回家，否则会被认为是没有出息，没有江湖地位的窝囊废。在东京、京都、大阪等地，我发现他们的居酒屋、夜总会生意特别火爆，哪怕在里面打瞌睡、喝寡酒，很多日本男人也要挨到深更半夜才肯回去。在中国古代，男人到了三十五岁以后，梦寐以求的就是出仕当官了，如果实在当不了官，就当老师，搞教育或者当游侠、行施布道做隐士。不能治国平天下，修身齐家浪迹天涯，一样是有意义的。人生七十古来稀，到了七十岁，也便致仕回家颐养天年了。

由此我们不难看出，古代教育既有古板的程式，也有尊重个性的一面。这样的教育模式，相比我们今天的应试教育，有很多亮点值得借鉴。当年我也曾做过教师，也有过了升学率而把学生逼成"变形金刚"的"光辉事迹"。更糟糕的是，有一个学生曾经因为吃不了考试之苦而要求退学，被家长"押送"到校后，竟然两次差点儿自杀。这件事情给了我血的教训，以至多年以后我还一直在反思：当一个教师把学生逼迫到这种程度的时候，还能算是灵魂工程师吗？当然这毕竟是几十年前的事了，跟现在的教育早已不可同日而语。但说到现代教育，尤其是射洪的教育，如果一定要比较，不管是比教师修养、比学生素质，还是比教学成果，在川中地区，无疑是出类拔萃的，但这并不说明射洪的教育就已经尽善尽美了。我一向认为，如果教育模式，或者教育体制不从根本上得以改变，我们的教育是走不出应试教育的套路的。你再努力，天资再聪慧，一旦你敢于脱离应试教育的轨道而自由发挥，结局自然是可想而知的。如是，教师只能像机器一样，按固定的模子一批一批地生产高分的学生，至于是不是把制造飞机的材料，裁成了电瓶车材料，而把热气球的材料，安上了宇宙飞船，似乎实在难以顾及。学校只管"产品"脱手，而不负责"售后"，也负责不了"售后"。学生一旦进了模子，不管你是金玉，还是沙石，一律都得"唯命是从"，否则，进了"高考检测仪"，必定会被当作次品，甚至废品而惨遭淘汰。

面对教育这个话题，我有太多的话要说。"少年强，则中国强"，大家都深明就理，大家都用心良苦。射洪现代教育的起步其实并不算早，据《射洪教育志》记载，1927 年以前射洪连中学也还没有，后经驻军将领李家钰批准才于 1928 年建成了第一所中学。建成的当年就招收了初中学生 50 余人，两年后的 1930 年，女生才破天荒地获得了进校读书的资格。而她们真正迎来了全面接受教育的机会，却是在 13 年后的 1942 年，作为女子中学的第二所县立中学建成之后。从那一年开始，射洪全域创办学校也才蔚然成风。仅两三年时间，香山中学、浒溪中学、书台中学、建业职中等相继建成，到 1945 年，射洪第一所私立中学——民生中学也由广生乡目不识丁的盐灶商梁维新出资建成。但即便如此，此刻的射洪教育，仍旧还算不上真正的"现代教育"。射洪真正的现代教育，应该是从 1950 年开始的，那一年的 1 月 3 日，射洪得到解放。也就从那一天起，在政府的大力支持下，全县区、乡、村各级才先后已建起了完善的小学和中学。据有关资料记载，从 20 世纪 80 年代到 90 年代初期，全县已经有了完全中学 6 所、区级中学 6 所、乡镇中学 69 所、私立中学 2 所、农职中学 2 所、师范 1 所，以及乡镇中学小学 88 所、职工学校 14 所、农民文化技术学校 67 所。从资源的角度来说，作为一个当时几十万人口的农业县，这样的教育规模也还是大体匹配的。随时事的变迁，学校数量和教学方式也随之发生了翻天覆地的变化。一批重量级的，多年以来，一直支撑着射洪教育不断发展的幼儿园和中小学，无论面临什么样的变革，也总能站在时代的潮头。不管是太和一幼、二幼、三幼，还是太和一小、二小、三小，包括著名的国家级示范高中射洪中学，以及成就非凡的金华中学、柳树中学、太和中学等，都各自以其大胆的创新和探索，分别取得了不同程度的突破，让射洪的教育事业，尤其是在科学育人和素质教育等多个方面，赢得了社会的广泛认同。

在盘点射洪高考成绩的时候，我得到了这样两个数据，1997 年以来，射洪全县（市）为本科院校输送的新生总数约 47000 人，仅 2008 年至今，被清华、北大两所名校录取的人数就达 39 人。具体到某个学校，堪称典范的何止一二，其中最具影响力的无疑是创办于 1848 年的射洪中学，前身为广寒书院。它不但是四川省首批重点中学，还是遂宁市第一所国家级示范性普通高中。这个以"德才厚重、博贯兼容"为校训的学校，是我的母校，也是我母亲的母校。更为巧合的是，我母亲于20世纪50年代在这里读书时的班主任老师刘芝兰，到我二十多年后去读高中的时候，竟然又当了我的班主任。不管是从我的母亲身上，还是从班主任老师刘芝兰的身上，我都深切地体会到了"德才厚重、博贯兼容"这八个字的真正含义。无论是立德、树人，还是教育、探索，这所学校皆有典范之处。据射洪中学官网消息，近年来，他们为本科院校输送了新生一万多人，向清华、北大、浙大、人大等重点大学输送新生五千余人。这些数字，虽然已成过去，但不管是五千，还是一万，我都能通过这一串长长的"0"，看见老师们滚烫的汗珠，也能通过这些浑圆的"0"，看见孩子们和他们的父母深情微笑的眼睛，而在我的眼里，这些"0"，更像是未来天空中鲜红的太阳。

除此之外，同样为射洪的教育事业增添过奇光异彩的，还有金华中学和柳树中学，我把它们称为射洪教育的"哼哈二将"。除此之外，在艺体教育方面出类拔萃、独树一帜的太和中学，更是因其艺体特色教育的巨大成就而成为普通中学教育的一个"另类"。该校创办于1958年，说它另类在于两个方面，一是因出色的艺体特色教育而获得过"全国学校艺术教育先进单位"，曾创下了连续26年高考专业合格率达90%的辉煌战绩，先后培养出了在央视及各类赛事中获得大奖的文欣、敖长生、税子洺等一大批具有全国影响的艺术人才。除此之外，一个普普通通的中学，却在20世纪90年代由退休教师陈玉丰创办了一个具有全国影响的综合性校园刊物——《校园文学》。数十年来，这个杂志不仅团结了成千上万的校园文学爱好者，培养了一大批可圈可点的优秀文学人才，刊物本身也曾获得了包括"全国优秀校园文学社"在内的多项全国、省、市奖励，并与射中伯玉文学社、射洪外国语实验学校《涪江潮》文学社、城西学校晨曦文学社、柳中柳韵文学社一道，为学校的素质教育和灵魂教育开辟了一片崭新的天地，也弥补了课堂教育和应试教育与生俱来的重大缺憾。

教育不是做数学题，也没有可能立竿见影，正如《管子》所说："十年树木，百年树人"。缓慢的素质教育，只能润物无声，但也许正是这个"润"字，才真正实现了综合素质的养成，换句话说，这种"养成"，本身就是一种素质。但高考考什么？考养成吗？考素质吗？不能在考试中加分，"素质"教育只能让位于"数字"教育。全国各地大同小异，但这并不是某个学校或者教师的急功近利造成的。作为园丁，谁不希望自己桃李芬芳呢？老师的用心是良苦的，但在靠分数说话的教育面前，他们不得不扛着园丁的招牌，而扮演了"神父"的角色。在学校里，孩子几乎是考试的工具，在社会上，理所当然是父母的面子。十年寒窗下来，一纸录取通知书成了学校、教师和家长等各路神仙的"天气预报"，一本是艳阳天，二本是阴渐晴，三本、专科自然就是雨夹雪了。据我所知，几乎所有老师和家长对于孩子玩手机、打游戏、看变形金刚无不深恶痛绝。殊不知，正是在"教育"孩子"听话""懂事"的过程中，我们也一步一步把他们"塑造"成了"变形金刚"。

那么何谓真正的现代教育呢？我素来认为，教育要干的事情就是"让花成为花，让树成为树"。总是让教师屈从于应试的羁控，学生轨范于应试的模具，以致师者不能尊其志，学者不能从其愿，天性与潜能不能得以自由地舒展和发挥，不管教师能力有多强，生源素质有多高，设施设备有多先进，教学规章有多完善，都不能称为真正的现代教育。也许，目前教育的最大问题，就在于对"教"这种居高临下的模式的绝对重视，而忽略了"育"在孩子们人生路上的春风化雨。面对当今的教育，我们必须要弄清的核心问题是：都去忙于应试，谁来关怀灵魂？教育对于分数的看重，绝不能像企业那样攀比利润实现了50亿元还是100亿元，更不是只看有多少学生拿到了一本、二本的录取通知书。现代教育的最大误区也许就在于"分数崇拜"，最大的难题可能也正是对"分数崇拜"的一时无解。但无论如何，学校教育除了以"育"为主，还得多几分"道法自然"和顺势而为。孩子们需要的，是尊重前提下的自由生长，而不是高分、高压下的揠苗助长。

第四章

三个陈子昂

陈子昂既是古人，也是今人。他短暂的一生可以分为两个阶段——活在初唐的42年，是肉身；此后的1300多年，是灵魂。换句话说，陈子昂是以早逝的躯体，换来了灵魂的永生。他体不巍峨，形不壮观，如同江河中的涪江，不算大，但很清澈；又似群山中的泰山，不算高，却可称奇。

陈子昂既是古人，也是今人。他短暂的一生可以分为两个阶段——活在初唐的 42 年，是肉身；此后的 1300 多年，是灵魂。换句话说，陈子昂是以早逝的躯体，换来了灵魂的永生。他体不巍峨，形不壮观，如同江河中的涪江，不算大，但很清澈；又似群山中的泰山，不算高，却可称奇。这个一出世就赶上朝廷内乱，天下狼藉的乡下孩子，却因为生逢家盛而被斗志昂扬的父亲陈元敬寄予厚望，取名子昂，表字伯玉，寓意陈家的男人，既要雄起，又要昂首前行，还要冰清如玉。这一切，似乎也冥冥之中注定了这个男人此后的一生，将以其非凡的智慧和毅力，去捍卫他的名字和血液中与生俱来的不可亵渎的倔强与高洁。于是，一个高蹈、率真、刚直、另类的陈子昂，从射洪的乡间出发，穿越千山万水和世事浮华，一直走进了大唐的朝廷，走进了怆然涕下的《登幽州台歌》，成了《中国文学史》上的一座奇峰。而此后的射洪，不仅诗酒文化一脉相承，但凡与创新、创造和远方有关的事业，无不以陈子昂的精神贯穿始终。从某种意义上讲，陈子昂文化留给后世的，不但是洋洋兮若江河般的不息奔流，更是没有限额的黑金精神信用卡。而在当代射洪人眼里，作为改革先驱、文化灵魂和形象代言的"三个陈子昂"，更是早已融入自己的基因，成了生命共同体。

改革先驱

谈到陈子昂，就像平日里聊到某个暂时远去的亲人一样，总要谈及他的一举一动和种种细节。659年，陈子昂生于距梓州射洪金华镇东七八里的武东山南麓张家垮跑马地（道子地），也就是现在的金华镇武东村的丛林丝竹间。为了印证这一观点，除了参阅谢德锐的最新考证，我还专程去武东山"拜会"过陈子昂。陈家老宅位于第二层台地，地势谈不上陡峭，但茂林修竹、松柏成林，不远处，隐约有小溪直通涪江，终年流水潺潺，野花盛开，芳香四溢，而身后的武东山，海拔高达670余米，甚是高俊，为川中地区最高峰，景色和高度，与陈子昂的身世极为协调。连山上的松竹，也跟陈子昂的气质有着奇妙的相似之处，我甚至以为，《修竹篇序》里那些宁折不弯的"修竹"，就是从武东山的半山上长起来的。

说到陈子昂的身世，众所周知，由于祖上自三国两晋南北朝以来就是富甲一方的名门大族，到初唐，依然荣华不减。这也致使养尊处优的陈子昂自幼在富裕的环境中，染上了一身富家子弟"驰侠使气"的通病。《新唐书·陈子昂传》记载：陈子昂少时不喜读书，崇尚武术，到十八岁，尚不嗜读，剑术却很精湛。传说曾在一次比武中剑误伤人，给对方留下终身残疾。也正是这一剑，刺伤了玩伴，也痛醒了自己。自此弃武从文，发奋读书，"耽爱黄老、《易·象》"，博览经史群书。仅仅花了三年时间，便已学有所成。据史料记载，676—678年，陈子昂痛定思痛、幡然醒悟之后，便潜心在位于金华山的县学里读书，对陈子昂来说，上山读书当然不是第一次了。有资料显示，他少时曾在山上就读，只不过那时读的是望天书，更多的时间也许都花在《唐才子传》里所说的"任侠尚气，弋博"上了。"任侠尚气"什么意思？就是凭借兜里有几个钱，又会点武功，便充当江湖大哥，扶助弱小，豪横一时，"弋博"呢？《新唐书》上所谓"尚气决，弋博自如"是也，意思是说陈子昂既是一个果敢而有魄力的人，更是一个擅长狩猎和赌博的人。真实、生动、鲜活，用今天的语言来描述少年时代的陈子昂，那就是典型的问题少年。但很多时候，就是这种让人头疼的孩子，长大之后成了经天纬地之才，不像当今某些高考状元和"乖孩子"，口香糖一样被老师和家长含在嘴里，糖分嚼光了，吐到地上就是一堆垃圾。

679年，21岁的陈子昂自觉学有所成，携上射洪春酒，租条柳叶小船，沿涪江一路东进，至荆州转襄阳而赴长安赶考。待考期间，这位来自偏远山区的考生因在京城无亲无故，备受冷落，以致连口袋里的银两也不知为谁而花，于是闹出了《太平广记》中所谓的"怒碎胡琴"的故事。但首次科举，陈子昂名落孙山，再考，再落，以致让家人在乡邻面前很没有面子，自己也觉得无颜江东，于是逗留京城，夙兴夜寐，踔厉奋发，终于在 684 年，金榜题名。但在等待吏部授官之际，天，突然崩塌，唐高宗去世，未及沐浴皇恩，而皇早殇，于是郁闷。次年初，子昂以《谏灵驾入京书》得武则天召见，武后赏其才华，获拜麟台正字。693 年，擢升右拾遗，这可能算是陈子昂的官场经历中最辉煌的时候了。此外，他还有过两次从军卫国的光荣历史，一次是 689 年随军北伐同罗、仆固，另一次是 696 年从军东征契丹。归纳起来，我们这位乡贤一生先后经历过两次从军，两次被贬，两次坐牢和两次隐退。最后一次隐退是 698 年，说是隐退，其实是看破了政治的腐败，心灰意冷，辞官回乡，像一片落叶，归根于老家武东山，并买了一处大院子，过起了以采药为生的隐逸生活。直至 701 年，被挟私报复的县令段简以"附会文法"为由，迫害致死，葬于梓潼江边独坐山下，享年 42 岁。陈子昂冤殁之后，老婆下落不明，两个儿子也由生前好友卢藏用代为养育。

　　昔人已去，1300 多年后的今天，我们再来怀想这位独步初唐的伟大先贤，值得我们探究的话题似乎依旧充满新意，比如一个纯粹刚直的人，何以招致后人诟病？其诗歌与政治的革新主张，到底产生了怎样的影响？

　　事实证明，陈子昂一生几乎就没按规矩出过牌，我们谈论他，也无须遵从什么套路。关于陈子昂遭人诟病的问题，很多史料总是讳莫如深，总怕说明白了会对其高大形象带来负面影响，那么，现在我们来看看"诟病"陈子昂的证据到底都有哪些。在当时人眼里，武则天无疑是颠倒乾坤、篡权夺位的"妖后"，而陈子昂一生生活于武氏时代，因受过武氏赏识，也义无反顾地支持过武氏政权，遭人诟病的"把柄"，也自然而然要出现在他的诗文和奏表之中。比如拜麟台正字之前，他客居旅店时就曾写过一首《答洛阳主人》，诗中的"方谒明天子，清宴奉良筹"，便以"明天子"称颂武则天，而在《奉和皇帝上礼抚事述怀应制》等应制诗中，又说"圣人信恭己，天命允昭回""大君忘自我，应运居紫宸"，认为武则天是拥有天命应运而生的圣人，甚至以"微臣敢拜手，歌舞颂维新""微臣固多幸，敢上万年杯"表达自己内心对武则天的真诚祝愿。擢升任麟台正字后，又先后上《谏用刑书》和《谏刑书》等，一方面严厉地批评时弊，另一方面又说"陛下以至圣之德，抚宁兆人，边境获安，中国无事。阴阳大顺，年谷屡登，天下父子始得相养矣"，充分肯定了武则天的治国功绩。

　　当然，如果继续探寻，还有很多类似的诗文和奏表，也都涉及对武氏的拥戴。比如第一次接受武则天召见时的《谏灵驾入京书》中，就以"皇太后又以文母之贤，协轩宫之耀，军国大事，遗诏决之，唐虞之际，于斯盛矣"这样的句子，表达了对武后的拥护。垂拱元年（685 年）再次接受武氏召见时，得到了大权独揽的武后对其诗文的点赞，还授意其尽快撰文条陈自己对天下大事的看法。这次召见，时值朝廷政局不稳，太后也急于用人，很显然，陈子昂被当成了"后备干部"。于是很快草拟了《上军国利害事三条》并呈上，深得武则天首肯。而太后登基改唐为周之后，子昂又先后上了《大周受命颂》四章和《上大周受命颂表》等，也正因为这一系列表奏，导致有人在背后骂骂咧咧，除了骂武氏，也骂陈子昂为"背唐媚周"的"贰臣"。我在查阅《新唐书》及相关资料时，也的确看见过"上《周受命颂》以媚悦后"的说法。诸如此类的诗文奏表，诸如此类的"铁证如山"，似乎真的说明陈子昂就是一个"背唐媚周"的小人了。事实果真如此吗？如果真是这样，陈子昂两次无端受陷入狱，以致最终连性命都丢在了监牢里，又怎么解释呢？他在《谏刑书》中所提出的"尚德崇礼，贵仁贱刑"的主张，在《答制问事·请措刑科》中对朝廷，尤其是对武则天任用酷吏、支持告密、刑罚株连、大肆杀戮的极力反对，以及《书谏政理》《明必得贤科》《招谏科》等文章中提出的"损贤伤政""用人不疑""反贪肃纪""轻徭薄赋"的主张，及其大肆讥讽、批评时政，怒斥朝廷腐败，包括武则天的任人唯亲、穷兵黩武，从而引得朝廷震怒，自己的仕途也一再受挫，甚至连人身安全也因此而受到严重威胁，试问，一个小人，一个昧心求荣的人，能有这样的胆略和境界吗？

如果在唐太宗李世民那样的时代，说武则天是篡唐乱政的"妖女"，可能有些道理，但在唐高宗、唐睿宗统治下的平庸时代如此贬斥雄才大略的武则天，我认为是不公平的。中国不是历来有能者上前的传统吗？武则天敢于挑战封建专制并有着富国安民的思想，为什么就不能说是敢为人先呢？天下并不是某一个人，甚至某个家族的私有财产，如果从百姓的角度来看，谁有能耐，谁能给天下带来福祉，就应该拥护谁。史实证明，武则天当政的 15 年里，因其发展经济、重视农商、轻徭薄赋、实施科举、巩固边防，货真价实地造就了国泰民安的良好局面。连一向惜墨如金的《资治通鉴》，也曾对其"挟刑赏之柄以驾驭天下，政由己出，明察善断，故当时英贤亦为之用"的业绩，给予了很高的评价。

现在不妨来一个假设，假如你我也生活在初唐，也有陈子昂那样的满腹经纶和一腔热血，又正好碰上武则天那样一位贤能君主，我们会做出怎么样的选择？是愚忠于那个高分低能的唐高宗、唐睿宗，不求变革，还是跟着武则天这样敢于破旧立新的英明君主，为生民立命，为天下开太平？而在封建时代，一个人如果远离权力中心，得不到朝廷重用，纵使心怀天下，忧济元元，最终能拿什么去实现"治国平天下"的目标呢？梁山好汉占山为王，除了最普通的劫富济贫，我实在看不出有什么远大理想。也正是在依附朝廷，接近，甚至"讨好"武后的前提下，陈子昂才获得了上表言事，褒贬朝政，提出自己革新主张的机会，并多次迫使朝廷不得不在他的多番"表奏"下，对诸多方面，尤其是涉及吏制、刑罚和民生等领域的弊政进行了及时的改革。现在我们再来回答"诟病"的问题，答案是不是就一目了然了？

非但如此，陈子昂还站在比初唐四杰和丞相许敬宗等人更高的高度，大胆地反对辞藻华丽、空洞无物，而且多以奉和、应制为主题的靡靡之音——上官体。同时在《修竹篇序》中，大力倡导汉魏风骨，并毫不留情地批判了齐梁诗体的"彩丽竞繁，兴寄都绝"和"逶迤颓靡，风雅不作"，进而提出了"骨气端翔，音情顿挫，光英朗练，有金石声"的标新立异的创作主张。《修竹篇序》高举革新大旗，开创一代诗风，不仅奠定了陈子昂个人在中国诗歌史上不可取代的重要地位，唐代诗歌也自此翻开了崭新的一页。因而，说陈子昂是盛唐诗歌的奠基人、唐诗巅峰的铺路人、开山祖师，甚至是方回所尊的"唐之诗祖"，王适赞誉的"海内文宗"都毫不为过，连韩愈这样的文章大家和杜甫这样登峰造极的诗人也有"子昂始高蹈""名与日月悬"的盛赞。美国哈佛大学汉学家宇文所安和中国作家李骏虎等人，也曾发出过"没有陈子昂，就没有唐代诗歌的奇伟瑰丽"的赞誉。

陈子昂不但以《修竹篇序》奠定了诗歌革新的理论基石，更以《登幽州台歌》《感遇诗三十八首》，践行了他的创作追求。虽然他的部分作品尚存形象单薄、语言平淡，议论较多等遗憾，但其《登幽州台歌》，无疑是中国诗歌史上永生不朽的名篇。如果让我从古往今来的诗歌中遴选 10 首中国古代最杰出的短诗，无论以什么标准，《登幽州台歌》都将毫不逊色地位列其中，与杜甫、李白等人的诗歌比肩而立。《登幽州台歌》创作于 696 年。那一年，陈子昂受命为武攸宜幕府参谋并随其出征契丹时，因兵败军危，陈子昂请求出征遭拒，被贬为军曹。连连挫折，报国无门，于是登上蓟北楼，感人生之茫然，叹时空之浩渺，一气呵成，写下了《蓟丘览古曾卢居士藏用七首》，写完仍觉意犹未尽，于是慷慨悲歌，脱口而出，吟下千古绝唱《登幽州台歌》，喊出了真实的内心，也继《修竹篇序》之后，以千古一"歌"，践行了自己的革新主张，也完成了一场与现实、与宇宙、与天地的旷世对话。

698 年秋天，阴雨绵绵，冷风习习，忧思难忘，但因多次谏书不得采纳，陈子昂自觉官场无望，壮志难酬，于是上表"父老，表乞罢职归侍"，以父亲年迈为由辞职还乡了。《新唐书·陈子昂传》中对其请辞还乡的原因另有一说，认为是其"父在乡，为县令段简所辱，子昂闻之，遽还乡里"。不管什么原因，陈子昂的申请得到了武则天的批准，但不是准其辞官，而是给了他"以官供养"（带薪放假）的待遇，这不但体现了武则天的人情味，也能看出她对陈子昂仍留有一丝余地。还乡第二年秋天，陈父撒手而去了。随即，陈子昂也被县令段简诬陷入狱，大约在 701 年，冤死狱中。对其死因历史上曾有多种说法，但这已经不重要了。可叹一代雄才，就这样带着对那个时代的无限绝望和壮志未酬的满腹悲愤，永别了大唐，却又以另一种独特的方式活到了今天。他的革新精神，不但影响过历朝历代的政治改革，也为唐代诗歌，乃至千年中国文化的发展创新，注入了强劲的动力，更让射洪人敢想敢干的时代精神找到了自己的源头。

文化灵魂

　　1705 年，在康熙皇帝的授意下，由 2200 多位诗人、4.8 万多首诗歌构成的《全唐诗》横空出世。无论是数量还是质量，都足以说明唐诗在中国诗歌史上，不容撼动的巅峰地位，更是唐代诗人的难以逾越的文学水准和思想境界的象征。这种境界，犹如诗歌领域的珠穆朗玛峰，余脉一直越过宋元明清而蜿蜒至今。然而，这座高峰始于何处？毫无疑问是始于初唐，始于射洪人陈子昂。陈子昂的诗学主张和诗歌创作，不但一扫齐梁以来的颓靡诗风，成就了盛唐诗歌，对杜甫、李白、张九龄、王维乃至苏东坡等人的创作也产生了深远的影响。一向以不世之才自居的李白，其组诗《古风五十九首》就明显受到陈子昂《感遇三十八首》诗的影响，诗中的用词、用典也有多处引用或模仿了陈子昂。比如他的名篇《庐山谣寄卢侍御虚舟》中的"我本楚狂人，凤歌笑孔丘"等，就明显有陈子昂《度荆门望楚》的痕迹。就像哈佛汉学家宇文所安所说："在李白的《古风》中，陈子昂的诗歌也成为重要模式。"762 年秋天，"安史之乱"

还未平息，杜甫从成都送好友节度使严武返京履新。刚到绵阳，严武的副将徐知道就起兵叛乱，自封节度使，一时战火熊熊，杜甫暂时也无法回到成都草堂的家中，只得暂避梓州三台。因感念子昂与其祖父杜审言的患难交情，又慕陈子昂盖世英名，故专程前来射洪祭拜。一路去了金华山、武东山陈子昂出生地，后又乘船前往洋溪东山寺和柳树（今沱牌镇）通泉坝等地，直到次年春天，才辞别射洪。在射洪的几个月时间里，他先后写下了18首诗歌。从金华山陈子昂读书台下来之后，有感于射洪美景和美酒，满怀激情地创作了著名的《野望》，其中"射洪春酒寒仍绿，目极伤神谁为携"一句，一边真诚地赞美射洪春酒的甘冽，一边触景生情地抒发了家国不幸所带来的淡淡的感伤。

对于陈子昂在文学史上的地位，早已盖棺论定，文学史家和研究者们也先后冠以文学家、诗人、诗歌理论家的头衔，有的版本甚至直接称之为"改革家""政治家"，"昔人已乘黄鹤去"，什么头衔似乎已无关紧要。陈子昂不过一个小小的、有职无权的县级干部，生前的政治漩涡带给他的伤害已经够多了，连性命也都葬送于政治，还是让他在文学领域里活着吧，"诗人陈子昂"，这样更轻松一些。

对唐诗革新而言，陈子昂是灵魂人物，对射洪而言，更是精神领袖，甚至是文化之神。早年间，每到高考前夕，周边的寺庙倍觉冷清，而金华山拾遗亭反倒香火旺盛。孩子要升学了，四乡八邻都会成群结队前来烧香叩拜，祈求护佑。多年来，陈子昂不仅成了民间的神，就连很多的机构、企业也不遗余力地要为自己注入陈子昂元素，即便是毫不沾边的，也千方百计要拉近距离。流传了数十年的"子昂故里、诗酒射洪"和新近出炉的"诗里酒里，射洪等你"这些精彩的广告语，看起来是宣传口号，实际上是射洪文化的核心与灵魂的体现。换句话说，因为有了陈子昂，射洪也才有了文化之魂。包括对陈子昂读书台、墓地和出生地的保护，以及兴建文宗苑、纪念馆、子昂故里文化旅游区等，不仅是在传承陈子昂文化和精神，更是对一种文化根脉和文化灵魂的坚守。这种坚守，不光在射洪，在众多国际性的陈子昂的研讨活动和各种文化活动中，皆有不同形式的体现。翻开任何一种版本的《唐诗三百首》《中国文学史》和中小学课本，《登幽州台歌》无疑是举足轻重的篇目。

　　射洪自古文脉昌盛，不但文人辈出，因陈子昂而生的文艺社团，更是灿若群星。陈子昂让大批的文人和文化组织找到了自己的魂。比如由谢德锐创办的"陈子昂研究会"和1990年由刘宗生创办的"子昂诗社"、乔尔霞创办的"陈子昂文学社"，以及随后由王术人创办的"子昂书画院"、射洪中学的"伯玉文学社"、陈子昂诗社朗诵团、来者吟诵团、感遇诗群和上海遂宁商会"子昂读书会"，等等。在我的视野中，特别值得镌入记忆的是两大民间文学社团——"陈子昂诗社"和"陈子昂文学社"。它们最大的共同点在于，都是自费，都是义务劳动，又都创办了自己的刊物。诗社创办了《子昂诗报》，文学社创办了《陈子昂文艺报》，至今，两份刊物已经在八方化缘、社员资助和创办人掏腰包的羞涩之中，举步维艰地前行了40年。不管是刘宗生的后继者罗明金，还是乔尔霞的继任者董泽永，几乎没有一个不是在传承前任"穷且益坚"和"为伊消得人憔悴"的精神的同时，奉献出了自己的青春和青春尾巴上的和璧隋珠般的时光与悠闲。

据作家黄少烽回忆，有一年《子昂诗报》很久没有出刊了，到出刊时却由原来的对开四版，变成了半版。后来刘宗生一脸愧疚地说：这次实在是找不到钱了。其实很多时候，遇上青黄不接，刘宗生这个为了诗社，为了一份民间报纸而费尽心机的殉道者，除了要在老婆面前连哄带"骗"，"私藏"奖金用以补贴活动、办刊之外，也把自己从四十多岁到八十多岁的大好光阴毫无保留地献给了一个诗社、一份诗报和一群为祖国的诗歌事业而不懈奋斗的社员们。即便是在这样艰苦的条件下，几十年来，诗社成员一直保持着一两百人的巨大规模。《子昂诗报》，包括如今以报改刊的《修竹诗苑》也风雨无阻地出版了120多期。数十年来，社员在全国各种刊物发表的作品达9000余件，出版诗集80余部。尤为让人钦佩的是，2011年的一天，80多岁的文学社老社长乔尔霞，为了能出席文学社的重要活动，竟然打着点滴，请求救护车把他从50千米外的遂宁医院，送到了会议现场，中途实在坚持不下去了，才不得不让救护车再次把他送回了医院。在古今楼，朋友们讲完这个细节的当晚，我心烦意乱，一夜无眠。那天的后半夜，射洪下了一场细雨，子昂广场和路边泛红的灯光，被冰凉的雨点湿透了。四十年过去了，陈子昂文学社和那份沉甸甸的社刊如今都已有全新的变化，尤其改刊后的《子昂文苑》，已由著名书画家吴一潘先生题写了刊名，装帧和内文也大别于从前，显得更加简洁、大气、个性。我想，这也许应该可以告慰我们远去的乔公了。

回顾 40 年来射洪文学日新月异的旅程，不得不提及一个至关重要的人物——黄少烽。这位八十高龄的老人，把一生最宝贵的 50 年全部奉献给了射洪的文学事业。他既是作家，也是当年《射洪文艺》的创办者，不但自己创作了大量的文艺作品，而且射洪几乎每一个文学社团的建立和发展，都融入了他大量的心血。自 20 世纪 70 年代以来，他以文化馆创作室主任的身份，培训过上十名文学新人，亲手为 200 多个基层作者修改过作品，并扶着他们一步一步走上了文学之路，也由此遇见了更好的自己。

除了是初唐文化的灵魂，陈子昂更是当代射洪的文化灵魂。除了文学领域，射洪的春华秋实、锦绣山河，皆有陈子昂的朗练身影和千姿百态。我不懂"非遗"，也不知道陈子昂的革新算不算"非遗"，但在范国蓉给我的资料上，赫然排列着国家级的沱牌酒酿造技艺，省级的铁水花火龙、连宵、通家山女儿碑庙会，以及沱牌舍得系列等 40 多个非遗项目。这些渗透着陈子昂遗风的独特文化符号和以美术、书法、摄影、音乐、舞蹈为代表的艺术群体及多种文化地标，共同构成了射洪文艺的灿烂星空。从某种意义上讲，没有陈子昂，就没有今天射洪文化的繁荣。

在射洪，每个人心中都有一个陈子昂，而每个射洪人，又都是一个陈子昂。每一轮的春花秋月，每一次的世事变迁，无一不是陈子昂灵魂的闪烁。

形象代言

"高步三唐，横扫六代"的陈子昂，总给人以超凡脱俗、与众不同的感觉，但本真的陈子昂，既单纯，又复杂。单纯，是他率真的为人和清澈见底的内心世界；复杂，是他忧国忧民、刚直不阿的思想品格和敢为人先的精神世界。无论是在朝，在野，在人心，还是在文坛，在 1300 多年的漫长历史长河中，陈子昂皆以其学高、德范而无愧为万世之师。他虽是八品小官，但其针砭时弊、忧国忧民的言行和气概，足可碾压朝野上下；他虽身在初唐，但其开创的一代诗风，以前无古人的刚健质朴和兴寄风雅而垂范千年。

陈子昂遵从儒家，又信奉道家，热衷政治，也酷爱诗歌。《道德经》上说："一曰慈，二曰俭，三曰不敢为天下先。"前两句，陈子昂信守了一生，但第三句一生都在违背。无论在诗歌里，还是在官场上，他一直是一个离经叛道、不折不扣的"敢为天下先"的典范。正如前面所说，今天射洪人骨子里的倔强与敢想敢干的精神，就出自陈子昂。因而，不管是在射洪的辞典里，还是在射洪人的内心深处，陈子昂的形象都是多维的、立体的，他存在于射洪的每一个细节里。

陈子昂不但神一样地存在着，更是射洪不可取代的形象代言人。很多时候，形象代言都被理解为明星广告和拉大旗作虎皮的标配。好多地方更是不惜重金、舍近求远去邀请所谓的巨星大腕来为自己代言，最后这钱谁出呢？还不是老百姓和消费者。善于精打细算的射洪人却不这样，请陈子昂代言，既突出了本土的资源优势和务实精神，又省下了巨额的代言费，而那些没被明星们拿去买豪车、购别墅的广告费，也一分不少地花到了射洪的节骨眼上。陈子昂，这位代言了初唐政治和诗歌革新的射洪人，现在又默默无闻地当起了射洪的代言人。近年来，以陈子昂冠名的各种活动更是方兴未艾，高潮迭起。尤其是自1999年由政府组织的首届"陈子昂国际学术交流会"以来，以陈子昂的名义或借陈子昂的影响成功举办的各种学术研讨、文化旅游、产品推介等，从未间断。2016年以来，以陈子昂命名的《诗刊》"陈子昂诗歌奖"及系列活动连续在遂宁和射洪的举办，更是吸引了来自日本、俄罗斯、白俄罗斯、乌克兰、美国、缅甸、西班牙等国家及中国台湾、中国香港等地区，以及全国数十个省、市的专家学者云集射洪。多年以来，"养在深山人未识"的射洪，也因陈子昂的代言和系列活动的开展，而从此名声在外。

进出射洪，几乎所有的路口、街头、景区、广场，甚至是射洪人的意念中，都矗立着"子昂故里，诗意射洪"，或者"诗里酒里，射洪等你"的城市宣传广告语。在陈子昂故里旅游区、金华山、两江画廊、文宗苑等地的重要位置上，陈子昂的形象就是射洪的形象，陈子昂的站姿就是射洪的站姿。媒体的屏幕上，诗人的想象里，艺术家的画笔下，歌声中，射洪有多大的变化，陈子昂就有多丰富的表情。对射洪而言，陈子昂不仅是形象代言者，更像是这片土地的守护神。在射洪，陈子昂出现的频率很高，出门走上一圈，你不一定能看到人民币，但一定能看到子昂文化广场、子昂故里、陈子昂读书台、伯玉路、子昂城、子昂金都，甚至能吃上"子昂饼"，喝上"感遇汤"，品上"伯玉茶"。近年来由来者文旅公司创意出品的"修竹杯""射洪念想"系列，包括进入了 2023 年世界大运会展厅的"感遇方印"和以"读书、写诗、品酒、出征、登高"为主题的"子昂雅集公仔"，以及入展 2021 年第十七届（深圳）国际文化产业博览交易会的"大廉不谦·子昂杯""子昂怀月·读书灯"等，更是把陈子昂的形象演绎得淋漓尽致，而陈子昂，也把射洪的文化精神代言得入木三分。

2018 年，随着诗廉文化工程的实施，占地近 15000 平方米，以"一代文宗·大廉不谦"为主题的陈子昂诗廉文化教育基地在金华山落成。这是陈子昂唯一一次为自己站台，同时也为射洪之廉代言，为一种干干净净的人生境界代言。看第一眼我就感觉，此处的陈子昂塑像，较为接近陈子昂的"真身"和气质。看得出来，为了能立体、真实地再现陈子昂"锐意改革、大廉不谦、敢于担当"的精神，建设者们动用了众多的历史文化元素。既注重了廉政文化教育与文旅强县的结合，又将射洪人、射洪诗、射洪酒等核心元素巧妙地嵌入了诗廉文化艺术之中，一个原滋原味、栩栩如生的陈子昂，呼之欲出。也正是有了这样的陈子昂，也才有了今天射洪人的精神坐标，也才有了一种时代精神，在天地间，在射洪人灵魂深处的屹立与不朽。

第五章

一条小河波浪宽

涪江是走在前面的人，它把两岸的森林和原野，当长袍一样披在身上，我们世世代代紧随其后，但从来赶不上它的脚步。很多浩森的江河，往往因其承载了太多的身外之物，而变得褊狭而迟缓，倒是微不足道的涪江，反因其小而让浮云、污浊，甚至多余的恭维和赞美，也很难像杂物一样汇集在狭窄的河道上，河水也因此获得了幽独的平静与空阔。

　　涪江是走在前面的人，它把两岸的森林和原野，当长袍一样披在身上，我们世世代代紧随其后，但从来赶不上它的脚步。

　　很多浩淼的江河，往往因其承载了太多的身外之物，而变得褊狭而迟缓，倒是微不足道的涪江，反因其小而让浮云、污浊，甚至连多余的恭维和赞美，也很难像杂物一样汇集到狭窄的河道上，河水也因此获得了幽独的平静与空阔。

　　涪江是嘉陵江的支流，嘉陵江是长江的支流，而长江也不过是人内心的支流。在中国的版图上，但凡可以称作江河的，不管大小，总是承载着不同的自然与人文。亘古至今，涪江流域虽然没有黄河文明的灿烂，也没有尼罗河、亚马孙河与两河流域的辉煌，更没有产生过唐宗、宋祖和卫青、岳飞那样的千古一帝与盖世战神。但举目皆是《战国策》中"田肥美，民殷富……沃野千里，蓄积饶多，地势形便"的天府锦绣，更有李白、杜甫、陈子昂那样的文人雅士，赋予了这条河流骨子里的文人气质和山水精神。"圣人终不为大，故能成就其大"，涪江也终因自知其小，少了许多与大江大河的争流比阔。与人一样，一条河流安静的时候，才是河面最宽阔的时候。河面宽了，世界自然也宽了，波浪像花朵一样淡淡地开着。小小的涪江，正是以其潺潺之水，拓宽了一条小河的无边境界，也以其独具的委婉与澄阔，滋养着河东河西千百年来的花谢花落，云起云飞。

一条休闲的河

在中国众多的河流中，涪江自然、本真，是一条低调的河流。它没有大江大河那般的恣意纵横和奔腾咆哮，有的只是天下一切小河与生俱来的温良恭顺与波澜不惊，更多的时候则保持着一种"也无风雨也无晴"的平和与冷静。

涪江发源于白雪如花、冰肌玉骨的岷山主峰雪宝顶，因上游重镇绵阳在汉高祖时称"涪县"而得名。早在春秋战国时，就因其地理位置举足轻重而被划定为巴国与蜀国的界河，据《尚书·禹贡》记载，三国时期又为梁州和益州的分界线。有一年我曾随《国家地理》记者参与过实地考证，全长700千米的涪江，体态轻盈，眉如翠羽，腰若束素，从北向南依次流经平武、江油、绵阳、三台、射洪、遂宁、潼南、铜梁等地，最后在合川汇入嘉陵江。

涪江流域不但有悠久的历史，文化传承也极其丰厚，近两年在射洪桃花河发现的旧石器时代大型旷野遗址便充分证明，早在距今20万年至5万年，就已经有了人类在此活动的痕迹。

我曾怀着对神的膜拜，去探寻过它高高在上的、海拔 5000 多米的源头，品味过高处不胜寒的风雪人生，也领略过苍茫云海、绝顶飞瀑和雪山草地相互交叠的奇特画面，甚至曾对王朗的稀世之宝大熊猫和金丝猴的笨拙与机敏产生过深深的好奇。有时还会无缘无故地从猴子、牛羚、金雕甚至雪松的身上去寻找与人的相似之处。多年以来，我始终觉得自己对上游存有一种深深的向往，但又说不清楚到底向往的是什么。也许是雪山，也许是草地，也许是江油窦圌山的雄奇，李白故里的仙气，又或者是太白公园某次终生难忘的告别，更有可能是昌明河边一尘不染的斜阳与晓光。中游是我的家乡，是我的灵魂寄居地和安放地。有子云亭的丝竹，有金华山陈子昂读书声，有沱牌舍得美酒刻骨铭心的陶醉，有大英卓筒井的不朽风骨和宝梵寺壁画的鬼斧神工，甚至有八百年宋瓷濯洗灵魂的光泽和被灵泉、广德的暮鼓晨钟，轻轻敲醒的风雨迷途。而下游的舒缓中，除了铜梁玄天湖的荡漾，我同样在意安居古镇的清幽，尤其珍视与潼南大佛相顾无言的对视。在潼南大佛寺湿地公园一碧万顷的粼粼波光里，我曾倚着这里最美的花朵进入梦乡，而当天低野旷，寺下空流，又义无反顾地让江渚秋雁，像古诗一样隐入了灵魂深处。如果遂宁、潼南迟早要双城合璧，我也算是当了一回先锋。"青山遮不住，毕竟东流去"。当我站在合川钓鱼城的瞭望台上为蒙哥大汗的折戟沉沙而深深地惋惜时，江水似乎并没有放缓脚步，时光也从不为谁停留片刻。有什么办法呢？在这里，岁月留不住的，涪江也照样没能留下什么。

逝者如斯。涪江不舍昼夜地移动，两岸的大地也跟着一起缓缓前行。整个河道都曾是通往嘉陵江的黄金水道，自上而下90多条支流和水中的一切重荷最后又都得塞给涪江，一条小河，肩负的却是大江大河的重任。自古以来，涪江就以其单薄的身躯，支撑着历朝历代盐铁、煤炭、百货、土杂以及棉、粮、油、盐和各种农副产品的往来运输，也保障着子孙后代的三牲五鼎和繁衍承续。尤其抗战时期，更是名副其实的英雄之河。不管是上游的狭窄河道，中游的古渡码头，还是下游合川三江交汇的千帆竞发，无一不曾满载两岸儿女"抗日救国""还我河山"的铁血壮志。

在射洪境内88千米的蜿蜒中，涪江被赋予了更加独特的内涵。副市长张君告诉我，以涪江为核心的各大水系的沐浴熏陶，让射洪的江河水域森林覆盖率常年保持在36%。仅以2022年为例，空气质量优良天数率就达到了97.5%，而城镇集中式饮用水水源水质达标率更是实现了100%。谈及对涪江珍惜与爱护时，射洪市委书记谭晓政讲得非常严肃，也很诗意：一江清水是大自然最宝贵的馈赠，要持续不断地推进水生生物资源保护和水域生态修复，"让岸绿水清、鱼翔浅底、鸟语花香成为常态，让群众享有更大的获得感与幸福感"。在一个地方能得到如此珍视，这条河无疑是幸福的。一年三百余天的波澜不惊，不但描绘了"闲上山来看野水，忽于水底见青山"的美妙画卷，更是养成了射洪人独有的云淡风轻与神闲气定。波浪宽，人心就宽。人的心里有了山河，生命也就有了广阔的天地。由于涪江这位母亲的孕育和滋养，这个春秋战国以前的流沙荒坝，经过两千多年的沧海桑田，不但拥有了悠久的历史与秀美的山河，产生了陈子昂那样独领风骚的一代诗人，也先后出现过谢东山、杨最、杨澄，以及新中国卫生事业重要奠基人之一的贺诚和中国工程院院士李言荣等一大批古今豪杰，堪称射洪经济支柱的沱牌舍得和天齐锂业等众多现代企业也诞生于涪江两岸。与此同时，当年难得有闲，也休不起闲的射洪人，如今人人都有了一份雷打不动的闲散之心。不管是朝起暮归，晨跑晚练，还是北窗高卧，怡然自得，总能各得其所，各尽其妙。尤其是特色鲜明的"休闲三套车"，更是以别样的风味，令人神往。美食、茶馆、坝坝舞，三足鼎立，又相得益彰，也由此组成了射洪人时尚生活的显著标志。

除了修身齐家和油盐柴米，人们对于游山玩水和闲情逸致，更是有着别样的解读。八小时之外，人群自然分流，聚餐的、跳坝坝舞的、喝茶、打牌、搓麻将的……各自为阵，各得其所。声势最为浩大的自然莫过于坝坝舞了，一到入夜，灯影幢幢、声波激荡。不管是街头巷尾之类的小坝子，还是子昂广场、盐井广场或者新世纪广场那样的阔绰空间，少则一二十人，多则四五十人，三步、四步、秧歌舞，品种繁多；探戈、恰恰、迪斯科，一应俱全。节奏鲜明，声浪排空，如雷贯耳，仿佛整个城市都在灯光和舞曲的交替闪烁中，被插上了疯狂的翅膀。坝坝舞是老百姓最简便的休闲方式，除了心情，什么也可以不带。这种方式，不但能消磨剩余的时光，还能让他们在音乐与舞蹈的缝隙中，找到情绪的释放通道，并由此获得充分的身心自由。如果一个城市的市民能够把体内的重负都释放出来，整个城市也自然就会显得更加轻盈。

　　此外，喝茶也一向是射洪人交友、议事、休闲和虚度时光的重要方式。据老一辈讲，军阀混战时期，田颂尧和李家钰的军队已经子弹上膛了，车路口的盖碗茶照旧热气腾腾，跷二郎腿的、掏耳朵的、听评书的、冲壳子的三三两两聚集一起，外面的世界再"精彩"，也敌不过手上的一杯热茶。坊间传说，中华民国初期的太和镇上大大小小的茶馆有好几家，到军阀混战时期很快增加到十余家，但当军阀手下的喽啰们进了茶馆，茶却彻彻底底地变了味，原本干干净净的茶馆，　时间成了赌钱、狎妓、抽大烟的堂子。就算后来李家钰体恤民生，修了公园，搞了绿化，也开设了别的休闲场所，但茶馆中的乌烟瘴气依旧如故。随着军阀的垮台，鬼子的投降和国民党的败退，战火熄灭之后好些时间，太和镇的茶馆才随着天下的安定而复归正途。到 20 世纪 80 年代初期，太和镇的茶馆已经增加到数十家，到 2000 年之后，更是繁衍到了两三百家。闲来常坐绿荫下，轻煮时光慢煮茶。不管是在古今楼、肆也、驿尚轩、光小头、鑫月之类的多功能茶楼，还是荷茶记、恒玥那样古色古香、品位纯正的功夫茶楼，抑或21K咖啡、浪漫一生、意乐巴客和咕噜咕噜那样的中西合璧的唯美空间，甚至是在清境农庄、悠然山庄、万象农庄那样的田园、森林茶座，只要能在一杯茶，或一杯咖啡里静坐下来，也就相当于进入了人生的另外一重宫殿，而自己就是大殿上君临天下的王。如果是一边喝茶，一边打麻将，再好的茶，也都成了摆设，茶的品级自然而然就降了下来。如果你俗务缠身，心不在焉，不管喝的是龙井，还是祁红，当杯中的热气散尽，捧着冷冷的杯子，跟一个顾影自怜的弃妇，也丝毫没有差别。喝茶的时候，必须用心，用什么心？当然是闲心。听听音乐，吹吹壳子、闭目养神、无所事事……当年赵州和尚从谂禅师"吃茶去"的典故，道破了品茶的真谛，也由此奠定了"禅茶一味"的故事雏形。"吃茶去"是什么意思？静心、参禅、悟道是也。把心静下来，让灵魂更接近万物，每杯茶里都能泡出一方别致的天地，即便是室内，在任何一个临窗的位置，当茶落杯底，青山绿水和蓝天白云，也会通过窗口挤进杯来，热腾腾的茶香自会缭绕到杯子的上空，替你恭迎美好心情的到来。但一个真正的高手，不但要懂茶，要进茶园，还要学会把内心世界放到一座茶山上去看。既要能从晨风的吹拂中，看懂茶的摇曳生姿，从淡淡的月光里，品出茶的悠香淡远，还要能通过风声雨声，分辨出大山之中，一株茶深深的呼吸和低语。懂了茶山，也就算知茶了，而茶，自然也会反过来比你更懂你自己。就像我在《普门茶品》中所写的那样：

……这里任意一个普通茶壶，可能都曾

冲淡过一切，也说不准是哪一泡，就泡出了

意想不到的人生况味，当你随手端起一杯

普洱、龙井、祁红，或者正山小种、竹叶青，很可能

就把世间的冷暖端在了手上……

说到美食，经过商周以来近3000年的衍化，到21世纪，以"食"为主的功能，早已发生了翻天覆地的变化。传统意义上的吃饭、用餐，也已上升为内涵丰富的饮食文化，成了人与世界的一种新的对话方式。食品本身就是天地万物的另一种生命形态，它总是从另一个角度，让人一步一步更接近自然。一场有声有色的美食盛宴，不仅有治愈人生之功效，更包含着诗意的生活与远方。难怪近千年前苏东坡就有了"人间至味是清欢"这样的独特体验，短短七个字，不但揭示了美食的深刻内涵，更是道出了美食文化背后的人生境界。因世受涪江恩惠，千百年来，射洪这个得天独厚的山水世界里，不仅风调雨顺，美食也呈现出八珍玉食、百花齐放的景象。尤其是近些年，射洪丰富多彩的传统食品和现代餐饮文化，比如手撕牛肉、砂锅肥肠、坛子牛肉、黄辣丁、醋汤、春卷和凉粉、凉面、洋姜泡菜以及五斗米炖料等，不但在以央视为代表的多种媒体上崭露头角，而且借助成都、上海、重庆等地的广阔平台，一步一步走向了全国。麦加牛肉、麦地纳牛肉这样纯正的当地特色食品，更是在海外华人圈里赢得了良好的赞誉。这些品貌俱佳的食物，

在丰富射洪餐饮文化内涵的同时，也让"美食"二字的含义，远远超越"食"的范畴，而把"美"推向了新的高度。因而在射洪，食品也由此成了一道美景。在众多的品类中，最耀眼、最受推崇的，莫过于麦加牛肉、麦地纳牛肉和陶德砂锅等。其中麦加牛肉、麦地纳牛肉仅从名字就能一眼看出浓郁的伊斯兰气息和以清真食品为主的独特风格。"清真"一词，在道家的文献中，具有雅素淳朴、清幽高洁之意。明末清初，伊斯兰学者王岱舆在《正教真诠》一书中，更是给出了"纯洁无染之谓清，诚一不二之谓真"的经典诠释，"清真"二字所包含的境界，也由此略见一斑。

作为射洪清真餐饮的领军品牌，"麦加"已经具有一百多年的悠久历史。据《射洪县志》记载，射洪的清真"麦加"品牌及牛肉系列手工工艺自清朝光绪年间（1875—1908）就已经锋芒初露，经由第一代传承人、中国首批注册元老级烹饪大师姚兴国先生和第二代传承人余荣贵先生数年来的不断探索和创新，旗下美食作品，不但门类更加丰富，文化内涵也得到了极大深化。即便是在一百多年后的今天，品牌传承已经延伸至四代，其精湛工艺和绝密配方，也每每令现代科技望尘莫及，具有极高的文化含量。

谈到清真食品，有一个话题永远绕不开，那就是回族，这是一个干净整洁的民族，他们在宰牲口时，通常会请阿訇颂念。麦加牛肉制作程序和工艺的考究，造就和奠定了麦加餐厅在美食江湖难以撼动的头排地位。"全国绿色餐饮企业""中国餐饮名店"等金字招牌姑且不说，其"坛子牛肉""枸杞牛冲""麻辣肉片""五香牛肉""手撕牛肉""凉拌牛肉"和声名远播的"全牛席""麦加醋汤"等，早在20世纪就已经威震海内、名冠八方，备受青睐。据说，当年一些重要的达官显贵到了绵阳、遂宁，或者成都、重庆，不是快马前来采买，就是直升飞机专程送达，麦加牛肉也因此多次令人嫉妒地领略了八百里加急和免费的太空遨游所带来的无穷乐趣。也许，如今那些走街串巷的快递小哥并不知道，射洪快递行业的祖师爷，也许最早就是从运送麦加牛肉开始入行的。我个人尤喜麦加的干牛肉、手撕牛肉和凉拌牛肉，隔三岔五总会买上一些放在冰箱里。存放的次数多了，不但日子多了几分牛哄哄的滋味，就连冰箱也仿佛再难关住生活的香气，即便过了很久，依然能从中感受到岁月的厚重与温馨。有时甚至觉得，麦加餐厅的菜品似乎并不是用普通牛肉制作而成，而是以人间真情加丰富的想象烹饪出来的。不管是需要三四个小时细火慢煨才能修成正果的坛子牛肉，还是借助风雨阳光和春花秋月秘制而成的五香牛肉、凉拌牛肉，其别具的风味，有时像现实一样凉薄，有时又像想象一样奇妙；有时能品出冷落的人生，有时又能焕发热辣的激情。而配方高古、口感奇崛，多年来一直统领群雄竞逐的射洪汤界的麦加醋汤，更是因为瓢取了涪江两岸的日月精华，才秘制出了脍炙人口的独特神韵。不管你有多么复杂的现实感悟，到了麦加餐厅，总能在一桌全牛宴上找到对应，即便是俗务缠身，心烦意乱，喝上一碗滚烫的牛尾汤，所有的烦恼忧愁，很快便随热气的飘散而烟消云散了。

而位于城南涪江边上的麦地纳餐厅，则是一个创建时间刚满二十周岁的清真美食新贵。以其丰富的菜品、超凡的技艺和前卫的现代理念，与麦加餐厅共同称为射洪清真美食的双璧。以其优美的环境、独特的工艺和迷人的风味，捧得了"中国餐饮名店"和"国家级绿色餐饮企业"等多重桂冠。如果说麦加餐厅是站在传统美食文化高度俯视现实餐饮风云变幻的蓝本，那么，麦地纳餐厅则是从现代出发，而最终回归传统的弥足珍贵的典范。从理念上看，两家同为清真，菜品各有异同，又各具千秋。麦地纳餐厅极具民族特色的手撕牛肉、五香牛肉、坛子牛肉、坨坨牛肉、全牛宴、全牛火锅等菜品和礼盒系列，近年来独树一帜，名动江湖。其千挑万拣的天然食材和洁净无染的烹饪方式，处处体现了精工细作、回归本真的饮食理念。其坛子牛肉，选用上等黄牛腕筋，十年老料秘制，让酱料沁润牛肉的每寸肌理，以时间烹调独特的人间况味。而手撕牛肉，更是配料精秘，匠心独运，历经九道工序，文治武收，香丝入口，余韵悠长。

与众不同的是，在麦地纳餐厅，你能品尝到的也许并不仅仅是普通的美食，这里，柔美的音乐可以静心，明媚的阳光可以调味。与普通餐厅相比，这里濒临涪江，天生丽质，如果适度辅以高雅文化元素，更能让两岸的青山绿水和鸟语花香也同时融入每一道菜品。即便是冬天，银装素裹，寒风凛冽，彼此的心坎上结下了一层厚厚的冰。一桌全牛火锅，不但能在瞬间洪炉点雪、冰释前嫌，还可以在热气腾腾的咕噜声中尽享人间雅乐，而人世冷暖，也自然会在一笑之间得以迅速调和。若是春江花月夜，邀三五良友，切几碟牛肉，斟二两舍得老酒，借些许风清月明，一种飘然欲仙、别有意味的感觉，既能替你消解红尘俗念，品尝到纯正的人生况味，又能让你透过江天一色，最终回到自己的内心。

陶德砂锅是一个发端于射洪本土的美食品牌，肇始于1996年太和镇银行口的全城第一家砂锅川菜馆。经过近二十年的艰苦创业，如今已由一家鸡毛小店，升级为全川餐饮行业光芒耀眼的老砂锅餐饮有限公司。除射洪本地之外，已在遂宁、成都等地开设分店20余家，员工也已达到2000余人。不仅解决了他们的就业，更是让两千颗漂浮不定的人心，找到了实实在在的落脚之处。每次到陶德砂锅吃饭，最让人头疼的事情有两件，一是排队，二是点菜。天天排着长龙，菜品琳琅满目，先别说吃，打开菜单就觉得菜谱上的每道菜都在冒着香喷喷的热气，哪道都精致，哪锅都馋人。陶德吸引人的地方，主要是绿色健康理念和用料讲究的菜品。为了把住猪肠、豌豆等主要食材的进口关，他们投入重金，在阿坝州小金县开辟了自己的种养殖基地，把食材源头牢牢掌控在了自己手中。以致让每一道食品既保持了绿色、洁净的品质，又散发着山野自然的清香。不管是鲫鱼水饺、蒜蓉虾仁、野菌香包、青豆肥肠、砂锅鸡、砂锅豆腐、砂锅鱼头等传统名菜，还是粗粮烧白、豆花牛柳、野菌干锅、香菇肥肠等创新菜品，既能让你品尝到日常生活的地道鲜香，也能让你咀嚼出酸甜苦辣的生活原味。

　　其实，射洪一直是小吃和小餐馆的天下，经营大餐的酒楼屈指可数。这不是射洪人小气，更不是讲不来排场，千百年来，世事沧桑，在射洪人眼里，山是小山，河是小河，花是小花，事是小事，时常挂在嘴边的也是小地方、小日子、小爱好、小麻将，就连吃饭应酬，也常常被称为喝小酒、吃小吃。即便在关键时候出了大力、立了大功，也通通被简化成小心意、小意思，偶尔幽默一下，还会来点英文：小 case……正因其小，才避免了大排场的种种虚华，也体现出射洪独有的着实与谦逊。其实，美食也是最能体现射洪人休闲的个性和文化取向的，除了为数不多的大型餐饮，街头巷尾遍是小吃，比如黄辣丁、酸辣粉、回锅肉、锅盔、烧烤、凉粉、凉面、米线、春卷、糍粑、烧饼等各种名小吃，让射洪成了一座巨大的美食文化馆。不过这些小吃素来深居简出，很多时候，它们像隐士一样隐身于小街小巷之中，跟射洪人的朴实、低调有颇多相似之处。每种小吃里，都住着一个大世界，也隐藏着一种大休闲，如果你想一品它们的风采，就必须要有"众里寻他千百度"的精神，一旦爱上，就是一生。

一条诗意的河

据《华阳国志·蜀志》记载，自蚕丛氏称王开创古蜀国后，涪江流域的文明也便在 5000 多年前拉开了序幕。涪江出岷山主峰雪宝顶之后，一路南下，流经 700 千米的山川峡谷和茂林沃野。沿江两岸，也由此汇集了从春秋战国至汉、唐、宋、元、明清以来的丰厚历史文化遗存，名副其实地成了川渝重要的历史文化核心区。这里既有藏、羌、回、彝等 20 多个少数民族文化相映生辉，又有上古文明、三国文化和唐诗宋词、红色革命及"两弹一星"的厚重传承。广元皇泽寺有国内唯一的武后真容石刻像，射洪沱牌舍得有千古名坊"泰安作坊"，大英境内有号称中国"第五大发明"的卓筒井，李白故里诗仙犹在，陈子昂读书台诗风长存，杜甫足迹历久弥新……

陈子昂虽生于有钱人家，但血液里自幼融汇着涪江激流，性情刚直、慷慨任侠，敢于担当，不但在《修竹篇序》一文中，大胆提出了自己的诗歌革新主张，还以不拘一格的《登幽州台歌》开创了刚健俊朗、骨气端翔的一代诗风。

李白与陈子昂虽素无谋面，但两人共饮一江水，共享一片天。有一种版本说，陈子昂冤故于 701 年，而李白出生于这一年，两者之间有什么机缘巧合倒不好猜测，但这种生死交接，似乎又暗藏着某种玄机。不管是从地理滋养，还是从诗歌本身来看，李白走向唐诗巅峰的脚步，无疑始于涪江，也或多或少沾染过陈子昂的灵气。而原本与涪江毫无干系的杜甫，躲避战乱漂流梓州，在三台县一带一住就是将近两年，并先后在射洪、通泉、阆州等地闲游。在梓州期间创作了包括日后影响中国诗歌史的名篇《闻官军收河南河北》在内的诗歌共 200 余首。762年秋天，靠"故人供禄米，邻舍与园蔬"生活的杜甫，因景慕陈子昂，沿涪江顺流而下来到射洪。因登陈子昂读书台有感，在《冬到金华山观因得故拾遗陈公学堂遗迹》一诗中，写下了"陈公读书堂，石柱仄青苔。悲风为我起，激烈伤雄才"的名句。杜甫在射洪的半年期间，还游历了武东山、上方寺、石镜寺、文昌宫、金华镇、通泉坝等地。据《射洪县志》记载，杜甫在射洪期间写诗 18 首，尤其是《野望》之中"射洪春酒寒仍绿"一句，不但道出了射洪春酒甘冽、醇厚的风骨，更是写照了射洪人通透、清爽的人格魅力，千百年来，被广为传诵。

历朝历代，尤其是唐宋时期前来涪江流域旅居、为官的名人雅士，先后有王勃、张九龄、岑参、韩愈、欧阳修、苏轼、杨万里、贾岛等，李敬泽、阿来、沈鹏、欧阳江河、舒婷等现当代重要的作家、诗人、书画家，更是数不胜数。1933 年 6 月下旬，山水画一代宗师黄宾虹应邀前往成都讲学，一到成都就逢军阀混战，于是只得远避，经龙泉、简阳、乐至、安岳来到遂宁境内。1933 年 7 月，黄宾虹溯流而上到达射洪，恰遇炎炎夏日涪江洪水大涨，于是有感而发，作《射洪》一诗："射洪东北来，一曲经遂宁……"此后不久，又因难忘射洪美景，挥毫创作了水墨酣畅的《蜀江射洪纪游》图。

随着各种主题文化活动，尤其是遂宁历届"涪江文化艺术节"和遂宁、潼南等地常年文艺交流活动的开展，以及川渝文旅和文艺家们多年以来对涪江沿岸多姿多彩的人文密码的不懈探索，不但激活了流域沿线丰厚独特的人文资源，同时通过大量的"写涪江、画涪江、唱涪江、演涪江、舞涪江、摄涪江、看涪江"等文艺形式，将涪江的历史文化和当代意义，一次又一次推向了新的高度。据统计，涪江两岸 10 千米范围内的所有城市，仅在文化艺术方面获得的国家级名片就有近百张之多。且不说绵阳、遂宁这样的全国文明城市，单从文化的角度来看，就有绚丽多姿的嫘祖文化、大禹文化、三国蜀汉文化和射洪的诗酒文化，以及潼南、合川的巴文化等。这些厚重的历史人文，既得益于千年涪江的滋养，也以其耀眼夺目的光芒，让这条原本微不足道的河流，逐步成为中国文化艺术的高地。

尤其是 2016 年以来，"遂宁国际诗歌周暨《诗刊》陈子昂诗歌奖"颁奖系列活动在遂宁和射洪的持续举行，不但拓展了中国诗歌的疆域，还从根本上改变了涪江流域乃至整个中国诗坛诗歌发展的格局。这个奖项原本是中国唯一的国家级诗歌刊物《诗刊》的年度奖，为了能融入遂宁、射洪元素，更名为"《诗刊》××年度陈子昂诗歌奖"，迄今为止，这项活动已经连续举办了8届。根据最初约定，前5届的颁奖礼主要在遂宁举行，但其中围绕陈子昂读书台的采风创作和"万人诗歌朗诵会"两大板块的活动，一直由射洪牵头主办，到2011年，第一个5年合同期满。为了借助这个活动的权威性和影响力，不断扩大遂宁、射洪知名度，树立更加立体、多姿的文化形象，遂宁市委决定，后一个5年，让这项以陈子昂命名的活动落户到陈子昂故里射洪。毋庸置疑，这是功在千秋的远见卓识，据我所知，这个决定的做出，很大程度上还得益于遂宁市宣传部部长涂虹的精心谋划。这位利落、睿智的射洪人，虽有遂宁市委常委的重任在肩，但文化情怀和家乡情结始终如一，这项活动在射洪一办又是3年。不管是前半段统领这项活动的射洪市委常委、宣传部部长、政协主席邓茂，还是后半段担纲挂帅的射洪市委常委、宣传部部长何小江、副市长张君，以及张朝书、张仁康、宋文君、刘荟、蔡静、黄勇、马海燕、赵江、魏仕元等一大批台前幕后的组织者，都把自己的满腔热血，像诗一样写在了活动的每一个细节中，只不过，他们使用的方式并不是空洞的抒情，也不是演说式的高谈阔论，而是风里雨里的殚精竭虑与默默无闻。

人们沉浸于诗歌周和诗歌奖的文化盛宴，却很少有人知道这项活动最初的来之不易。记得是2015年，为了能让活动落户遂宁，当时的遂宁市文广新局局长勾中进（现任遂宁市政协副主席）委实是煞费苦心。这位集境界和胆识于一身的革新主义者，不仅把自己的业余时间搭进去了，还毫不客气地霸占了我的休息时间，但念及他对遂宁文化事业的一片赤诚，我也才懒得跟他计较。加之我当时正在作协主席任上，也便安心乐意地开始了与他长达数月的废寝忘食和同甘共苦。按照分工，他负责本地政策争取，我落实北京资源抢占。推进过程回环曲折，就算多用几个夜以继日、舟车劳顿、精疲力竭之类的成语来形容其艰辛也毫不为过。皮肉之苦可以忽略不计，但一个突如其来的插曲却差点让我们构筑了好几个月的理想大厦，一夜之间成为"烂尾楼"。其间的某一天，勾中进突然无精打采地告诉我：可能事情要泡汤。原来，市委、市政府在征求职能部门意见时，竟然从意料之外冒出了泼冷水的声音，原因不详。虽然被泼的是水，但我们二人的火却在水中燃了起来，新一轮的"东奔西走"，也由此拉开了序幕。一会儿遂宁，一会儿北京，一会儿历史，一会儿未来，"可怜天气年光好，千帆一道带风轻"。由于若干个"百年大计，文化先行"之类的理由的轮番"催化"，甚至惊动了全国人大常委、时任中国作协副主席的吉狄马加，更是将时任《诗刊》一把手的商震和负责事业发展的蓝野也从京城恭请到遂宁，才最终开云见日，天遂人愿。2016 年 3 月 22 日，"《诗刊》陈子昂诗歌奖"颁奖典礼在遂宁会展中心拉开帷幕。活动的连续举办，不仅开创了遂宁文化的新时代，喜欢诗歌、创作诗歌、传播诗歌的人群，很快也从过去的三五百人，急增到了两三千人。在《诗刊》活动落户之前，遂宁全市有史以来能够在《诗刊》这样的国家级刊物发表作品的人数，累计不过两三个人。但活动开展以来，遂宁在《诗刊》发表作品的人数很快增至近 20 人，仅射洪一个县级市，就有 10 余人在《诗刊》《中华辞赋》《星星》诗刊及《特区文学》等具有全国影响的刊物发表了作品。来自美国、法国、俄罗斯、荷兰、西班牙、比利时等多国的诗人、学者，更是因诗而与遂宁、射洪发生了密切的关联。他们游涪江、赏宋瓷，拜子昂、品舍得，既带来了厚重的西方文明，又将东方文明中别具一格的川中特质，尤其是陈子昂的革新精神传播到海外，让名不见经传的遂宁、射洪，在异国他乡的广阔天地，得以声名远播。

除了国家和省市层面上的重要文艺活动之外，射洪本土已举办多届的"陈子昂文学艺术奖"和由宣传部、文广旅局、文联，以及作协、书协、美协、音协、摄协，包括陈子昂诗社、文学社等自办的采风、创作、研讨、评奖等活动，更是层出不穷，别开生面。2023 年 3 月以来，组织部、宣传部、文联三家牵头实施的文艺创作"名师结对"活动和选送书法、美术精英前往省书画院、中央美院进行集中培训学习等活动，既为更多基层作者搭建了良好的平台，又为开阔眼界、早出人才，快出作品开辟了重要途径。正如文联主席马海燕所说，"陈子昂文学艺术奖"的颁发和人才培训机制的建立，不但扩大了文艺作品自身的影响，营造了浓郁的文艺创作氛围，对于鼓励作家深入生活，扎根群众，不断创作出体现时代精神的优秀作品，无疑具有不可估量的作用。

射洪的文艺创作不但有其悠久的传承和深厚的底蕴，历史上出现了陈子昂、杨甲人、赵燮元、张星瑞等一大批文化先行者，当代射洪文学创作更是品类纷繁、群星璀璨，多少有些"江山如画，一时多少豪杰"的意味。比如曾供职于中国社科院的射洪籍文学理论家张大明和曾任人民文学出版社副社长的谢明清，以及星罗棋布于祖国大江南北的著名作家吴因易、陶武先、蔡竞、贺贵成、王龙、陈霁、刘东、税清静、贾煜、李宝山、秦琴等，当然也还包括近在遂宁的作家王本杰和我本人，以及剧作家任衡道、任本秋、胡雪松和已故射洪籍中国台湾作家黄辉先生等。而一直坚守在射洪本土的作家，诸如作品极具涪江两岸地域色彩、当年被称为川中地区小说创作一面旗帜的作家费尽贤、有着射洪当代文学拓荒者之称的作家黄少烽、警官作家胡祖富，以及成就颇丰的董泽永、李林昌、王益林、吴永胜、李太贤、魏源水、任元钊、罗明金、王旭全，等等。对于长期扎根于本土的作家、作品，大多已成人们反复谈及的话题，具体到射洪籍在外作家的创作，我想重点聊聊三位不同年龄层次和作品类型的代表性作家。

不管按年龄，按辈分，还是按成名时间，吴因易都是当之无愧的前辈。但我的印象中，他仿佛在大唐的朝廷领过俸禄，不然，他一生的创作，为什么总是与唐代有关呢？说他跟唐代有关，却又从不跟那个朝代志同道合。唐玄宗、杨贵妃早在一千多年前就已仙逝，而这位来自青岗坝的"咬卵匠"，依旧以一副铁嘴钢牙和一支如椽大笔在当代小说界、影视界横刀跃马，笑傲江湖。不管是早年的《梨园谱》《唐宫八部》，还是稍后的《北平战与和》《淘金记》《唐之诗祖——陈子昂传》等，尽显大江东去、云水西来的大开大合。与众不同的是，这位眼界宽泛、内心空阔，擅长历史题材的作家，同时擅长从居高临下的角度去关注和诠释一个时代的成败与兴衰。那张花香味与火药味并存的嘴巴里，不时总会发出一些标新立异的声音，有时甚至会从"医学"的角度，为治疗现实社会的"古代病"开出一连串惩前毖后的良方，只是不知那些方子后来都被派上了怎样的用场。但作为作家，该写的，写了；该说的，说了，于自己，于社会都已算是掏心掏肺，剩余的也就只能交给时光了。

对于军旅作家王龙，作品早有耳闻，阅读蜻蜓点水，但掩卷沉思，不禁一惊。此人笔下有山河，又多为鸿篇巨制，对重大题材的驾驭，更有一种"治大国如烹小鲜"的沉稳与从容。他作品中的一花一叶，仿佛总是藏着一个很大世界，而一个很大的世界，有时又未必能容得下一粒小小的尘埃。不管是面对历史题材、现实题材，还是浩如烟海的军旅题材，他总能驾轻就熟、独出机杼。所以在读王龙报告文学或非虚构作品的时候，你一定得多个心眼儿，千万别简单地认为他只是在写景、状物、讲故事。一人，一国，甚至整个世界的浮沉起落，常常被他隐藏在某个很小的故事，或一闪而过的细节里。通过对《迟到的勋章》《山河命数》和《天朝向左，世界向右》等作品的粗读，我发现作为一个有良知的作家，王龙不仅擅长以粗针大线去写意一种托尔斯泰和索尔仁尼琴式的磅礴与粗粝，也善于以鬼斧神工般的细腻笔触，去雕琢那些日常的细枝末节和人物的内心世界。同时又总是把民族、国家，乃至整个人类的进退得失与兴亡盛衰，安插到历史与现实双重空间的运行变幻中去解构、去审视，不但有益地拓展了军旅题材的创作边界，更显示出一个作家掷地有声的血性与担当。

而李宝山则是一位青年作家，后起之秀，虽为同乡，我们至今未得庐山一见，对他的作品也读得不多。在《陈子昂传》问世之前，我几乎以为他就是一个白面书生，跟很多所谓的中国博士一样，混张文凭而已，在如今这样的畸形教育休制下，中国的大学，能混文凭也不失为一种幸福。但他新近出版的《陈子昂传》，不但塑造了一个鲜活的陈子昂，也在我心目中缔造了一个学养厚重的李宝山。古往今来，写陈子昂的，研究陈子昂的，借陈子昂的远光为自己探求近路的，比比皆是。我手上的同名书籍《陈子昂传》至少有四五种版本，八仙过海，争奇斗艳。有时候我突发奇想，如果举行一个茶会，把各种版本中的陈子昂同时请进一个会议室，这些陈子昂，会不会再次上演《西游记》中真假孙悟空那样的闹剧呢？几本《陈子昂传》

翻完之后，我发现与史书、与我内心最接近的，还是李宝山笔下的陈子昂。在面对浩如烟海的史实时，宝山能尽显学者的沉稳和冷静，但动用文学描写功能的时候，却又显得格外的谨慎而收敛。与很多传记作品不同的是，宝山并没有首先让一个居高临下的陈子昂端坐其中，再找史料来证明他的存在，更没有像雕塑家一样，堆砌一大堆不同的材料和技巧，再依样画葫芦制造一个想象中的陈子昂，而是打开班班可考的史迹，让陈子昂自己从史料、从诗歌、从现实中一步一步地走出来，既鲜活，又真切；既超然脱俗，又有血有肉。即便从学术的角度来考量，作者虽为博士，似乎也并没有过多的"炫富"，这也许正是宝山版《陈子昂传》的难能可贵之处。当然，我也一定程度上赞同庞惊涛先生的"以诗（文）证史"的说法，更认同其过度强调严谨客观，而导致文学想象与灵动不足的观点。但如果换一个角度看，宝山这种具有学术气质的写法，反倒把某些版本的"戏说""骚说"带给陈子昂和文学史的伤害，降低到了最低程度。所以我依然固执地认为，这本《陈子昂传》不失为一个史料价值和文学价值俱佳的传记文本。我一向认为，一个真正的作家，原本就是标准的制定者，而非执行者。也许，当我说着这番话的时候，宝山正好在看山看水，我却独自在提壶问茶、跑马观花。

射洪的其他艺术门类，尤其美术、书法，千百年来深得涪江浸润，无论是个人造诣，还是作品本身，皆如两岸风光，四时钟秀，摇曳生姿，散发出独特的芬芳。自老一代艺术家孙竹篱以降，先后出现了敬庭尧、刘云泉、杨志伟、杨涪林、吴晓东、何多俊、吴一潘、周光汉、范文才、何苗，以及长期置身于本土的书画家张扬学、王辛、赵敬亭、郭启光、文纯宝、曾惠民、张小瑛、覃白璧、卿向荣、周勇，等等。从分布上看，跟作家队伍一样，射洪的书画家广布于四方八面，显露出"有时三点两点雨，到处十枝五枝花"的散漫，但换个角度看，更像是一种"满园春色关不住"的绽放与缤纷。

在射洪书画界，孙竹篱无疑都是一个蓝本式的人物。他曾是我父亲的老师，虽然我的父亲后来并不画画，生前却对先生的艺品、人品佩服之至。无论是作为书画家，还是作为普通人，他倾其一生实现了生命的纯粹和简单。他真正的成就，就在于画出了"兴来每独往，胜事空自知"和"此中有真意，欲辨已忘言"的真实体验与人生境界，而不管画了什么，每一幅作品既是物象、也是心像，更是人与自然，乃全一个时代命运的写照。具体到一幅作品，孙竹篱的艺术价值，也往往隐藏在画面的背后，在你肉眼看不见的留白之中，以及面对他的作品时，你深深屏住的呼吸里。也如前些年在杭州聊晚年黄宾虹的积墨山水时我曾说过的那样：他仿佛什么也不让你看见，但什么又都被你看见了。先生早在三十多年前就转身上了天堂。天堂何处？当然在他的画里，但也在射洪人的心里，在《中国美术史》的其中一页。每每忆及先生悬于日月之上的淡泊、超然、执着、沉静，总会时常让我想起范仲淹《严先生祠堂》中的那句话：

"云山苍苍，江水泱泱，先生之风，山高水长"。

谈到敬庭尧，我首先想到了 30 年前的一个春天，在广寒宾馆学川戏。诙谐版《炮打东宫》的前两句歌词大意是："手抱大衣，心欢喜，尊一声，弗拉基米尔·伊里呀奇……"房间里就三个人，敬庭尧、费尽贤和我。老费的年龄比国家大一岁，老敬荣幸，跟国家同岁，而我二十来岁，正值妙龄，属祖国花朵。一亮嗓子，我自然要甜美得多，老费仗着戏熟嗓门大，得意不饶人，雄浑、沙哑之音不时压得我和老敬喘不过气来。老敬一副左嗓子，开口就跑调，即便坐到右边，他的声音还是跑到五百米外的新城门去了。但也就从这一天开始，老敬跟我成了朋友，一晃就是三十年。说到他的为人，我不想耗费太多的笔墨，自从有了这个朋友，就如同此生获得了一汪甘泉，不但有见底的清澈，还能当一面镜子来照照自己。

谈到敬庭尧的画，我想说，西藏的雪花是敬庭尧的脚印，他是踏着青藏高原的极端天气，才一步一步跨入真正的艺术殿堂的。此前那些山水、花鸟、写意、工笔，包括当年风生水起的版纳风情、唐宫侍女等，不过只是奔赴雪域高原之前的热身运动的痕迹。真正的敬庭尧，不在海拔五千米以下。我一向认为，是青藏高原成就了他，也可以说，他为青藏高原平添了一抹亮色。2022 年国庆，在成都两半轩，我们二人从下午两三点钟聊到五点多钟，聊什么呢？聊他的画，特别是他长 300 米，高 2.5 米的《天上西藏·文成公主》，这鸿篇巨制已经画了十多

年，被我称为斑斓之诗。他告诉我：出来一部分，就封存一部
分，目前只能看电脑照片，而我则是第一个从头到尾完整地看
过这幅作品的人。画面拔新领异，气势磅礴，堪称宏大。尤其
是面对那些光影交迭、物我对视、古今相融的不同片段时，我
更加坚信我对这部作品的判断：当其将视线从海拔 5000 米以
上的青藏高原投射到 1300 多年前的广阔时空的那一刻起，就注
定了这部巨制的一笔一画，一皴一染，都将日月凌空般地透射
出敬庭尧生命的轨迹和内心的光照。从画面上，我看到了人与
自然的和谐、诗意与色彩的交融、历史与现实的契合，同时听
见了来自画面深处的声音，那是一种天籁，是历史与现实、自
然万物与画家灵魂的对话。而虚实之间、笔墨之外，无形之中，
分明又隐藏着一种无边无际的空，这空是旷远的，更是寂静的，
而寂静中又仿佛酝酿着某种更大的寂静。也可以认为，这就是
隐于画面背后的大境界、大气象。在当代藏族题材的美术作品
中，《天上西藏·文成公主》不但有其独具的划时代意义，更是
一部以藏地、藏族、藏汉历史文化，乃至中华文明为背景的、
真正具有史诗意义的作品。这是近年来谈及同类题材创作时，
我首次使用"史诗"二字。整幅作品以独特的视角和有如神助
的笔触，完成了与历史、与高原、与深厚的藏汉文化和历史沧
桑的对话。既能谛听到画面深处，人与人、人与时光、人与自
然、与独特的高原风物彼此映照而迸射出来的独特的声响，又
传递出明与暗、古与今、历史与现实相互契合而旁逸斜出的高

古与空旷。不但突破了时空的局限，改变了传统绘画中光影与色彩对于自然万物和生命体验的惯性描述，也为同类题材的作品从技法的探索，到思维方式的重构与拓展，提供了某种新的可能，同时也将敬庭尧的美术作品与艺术空间，推向了新的境界。

而另一位老友刘云泉，则如云天之泉，且高且洁。他一生逍遥通透，人淡如菊，因博采众收，又常与流沙河先生谈经论道，深得庄子精髓，不管是人品艺品，还是思想境界，都呈现出了"风光不与四时同"的独特气象。先生既是画家，更是杰出的书法大家。其美术作品，以山水自然为蓝本，以生命本色为底色，写真、写意、写人生体验。妙造自然，生气远出，嶙峋中有广阔，突兀中见平淡，造像而超乎像外，写景而不染万景，空山幽人，神出古异，透视出见山还是山，见水还是水的美学境界和人生哲学。其书法作品，"惟性所宅，真取不羁"，古拙疏淡，灵性闪烁，寓有意于无意，藏千笔于无笔，线条极简，犹空枝深藏绿意，落墨随性，处处洋溢着鲜活的生命气息。既走出了现实的困境，又突破了经验的惯性，充分体现了先生随心所欲，洗尽铅华后的轻盈、洒脱，以及波澜不惊，怡然自得的畅达与空旷。我曾多次去他的"锄园"蹭饭蹭茶，当然也蹭翰墨之香。先生书如其人，画如其心，简约疏淡，自在逍遥，"不以物喜，不以己悲"。观其作品，我总会不由自主地想起高僧石涛《苦瓜和尚画语录》中那句著名的"搜尽奇峰打草稿也，山川与予神遇而迹化也"。什么意思呢？山川与我神形交遇，情感沟通，借我之笔墨，迹化而出也。这不正是刘云泉先生一贯追求的吗？

杨涪林既是大学教授，也是美术家和美术评论家，对他的诸多作品，喜爱有加，且敢妄议。他的大作，多以真切的生命体验入画，着墨极其唯美、挑剔。在他的笔墨中，万物即人，人即万物。既有儒家的中庸致和，又不乏道家的冲和简淡，以致自然灵动，真气回环，物我相生、纯粹安然。作为老朋友，我深知他是一个仙气飘飘的人，心灵之中，常年泉清水澈，芬芳四溢，绝不沾染一丝烟尘。而绘画中，他擅长以真切体验中的日常生活感遇来构建作品的骨架，以变化多端的手法，去刻画万物的千姿百态，并且善于从细微处着手，在小人物、小场景中隐藏大境界，又总是在大题材、大背景下呼唤时代精神，表达生命忧患。观其近年画作，发现在距离画面很遥远的地方，漂浮着一种不易察觉的气息，那是什么呢？捉摸了很长时间，依旧看不清楚那是何物，既不在浓淡的变幻之间，也不在画面的氤氲之处，仿佛无中之有，又似有中之无。直至阔别多年以后，在射洪文艺名师结对活动中见到了他，我才确信，那是一种真气，一种个体生命与自然万景相互作用而产生的一种既无声，也无形的生命召唤。

吴晓东年龄不大，但世界不小。多年来不但潜心于对美的探究，并且一直在孤标独步、如履薄冰地规避着时下众多美术作品中的明星脸所带来的浮泛与喧哗。他善于从细微的日常，进入艺术的远阔。在生活里，陷得很深，在美术里，同样陷得很深，因而他的作品总能在常人难以抵达的深处，散发出直抵人心的光芒和只有那些真正的探险者，才可能欣赏到的独特之美。作为普通人，晓东总能得体地表现出对日常生活的热爱与痴迷，而作为画家，他似乎更乐意远出市声喧嚣，而从画面的某个角落探出头来观照现实的摇曳多姿。他有时是清晰的，有时是晦涩的，他的世界仿佛总是在似与不似之间，而笔下万物又总在我与非我之间，内涵丰富，变化多端。他从不把任何理念和结论像照相机一样地安装在一幅作品之中，更不会拿手中的笔墨去充当诠释概念的工具。他作品中的所有生命都是自由而舒展的，画面深处，更是蕴藏着多重世界和多种可能。所以，当听到对吴晓东的作品晦涩难懂的议论时，我暗自在想：一个不曾深谙这个世界和生命本真的人，注定也无法读懂吴晓东。其实，晓东非常简单，读懂了，就一句话：他在探求人与人，人与自然万物之间的某种奇妙的内在关联和生存状态，或者说，它一直试图以美术的方式，去寻求生命本身和生命与这个世界之间的多种奇妙的可能性。

射洪籍艺术家中，吴一潘是我认识时间最短的一个。前些日子，分享了他的部分近作，也略知他一路走来的鸿爪雪泥。凭直觉，感觉有很长时间，吴一潘一直在宽与窄之间寻求另一条道路，所谓"退后一步自然宽"。但吴一潘偏偏要往前走，他天生就是一个不安分的人，也许正是这种不安分，才造就了他

"我行我素"、自成一格的非凡气象。从作品可以看出，他不但不是一个规规矩矩走路的人，而且还经常在心里"出轨"，甚至喜欢故意去扰乱书画领域那些早已盖棺论定的古今秩序。从这个意义上讲，一潘配得上艺术的探险者这一称谓。探险意味着创造，他的书法和美术，很多时候能让我感受到一种独具的创造力。如是，我似乎也没有什么可以再多说的了，创造力就意味着生命力，更意味着作为一个艺术家的无尽可能。此刻，我突然想到了李白的《蜀道难》，"西当太白有鸟道"。是的，在我眼里，吴一潘正是那个在"鸟道"上独自攀登的人。

张小瑛常年固守本土，是一位擅长抒情的画家，看过他早年的瓜瓜藤藤，觉得他仿佛是一个抒情诗人。但也正是早年的经历，让他把大量的美好青春，抛撒在了"乱花渐欲迷人眼"的轻逸与摇曳之中。直至上了青藏高原，让飘洒的雪花插上了洁白的翅膀，才真正找到了属于自己的飞翔姿势。前些天看了他的专题画展《第三极——门》，我也由此看见了张小瑛门里的隐秘和门外的空旷，只是密码被他严防死守着，进出颇费周折。《门》是一个另类，一个独特而又相对完整的存在。在技法和美学向度上，也完全有别于他本人以往的任何作品，总体上，给人耳目一新的感觉。这个系列，寄寓着画家对自然之门、艺术之门、生命之门，乃至命运之门的深层探究。而这些千奇百怪的门，有时可能是心灵的出口，有时也可能是命运的漏洞。是进是出，是来是去，是开是关，是生是死……一切都显得神秘莫测，而一切又仿佛在掌控之中。纵观张小瑛的近作，一眼就能看见他在极力追寻一种海拔五千米以上的神秘与空旷，以致时常把内心，甚至生命放在一种奇绝、极端的环境中，去完成一种极限挑战式的雪域探险，并由此获得一种炼金术般的生命体验。张小瑛给自己画了那么多门，有的开着，有的锁着，有的有形，有的无形……说穿了，其最终目的，不过在寻求一种让自己和这个世界都出入自由的方式。但千奇百怪的门，怎么通过呢？我想要告诉张小瑛的是，通过一扇门的方式有很多种，但最简单的一种，就是一笑而过。

现在来看看笔墨飒爽，笔下山河俊秀的覃白璧。这位把传统当作祖业一样牢牢坚守的书法家，既痴迷于悠远的祖脉，又醉心于眼前的晨曦。时而隐逸，时而突兀，时而如江河奔涌，有时又似溪水涓流。其内心不但有涪江一般的粼粼波光，更有泉入深潭的纯净清冽。每一根线条，既是心神的路线，更像生命的轨迹，这也正是覃白璧的作品给我印象的最深之处。美的本质在于协和，这一点，白璧亦得真谛。取众家之长，纳万墨之墨，沉稳、安静、利落、朗健。其谋篇布局，忽如沿河插柳，忽如林中植树，忽而又似峰峦起伏，北雁南飞，疏密有致，收放自如。有时不断用线条制造崎岖，有时又总是以大量的留白，给自己留出一片广阔的空地。若是云淡风轻，灵感忽来，必有闲笔抱朴传神、飞白尽显疏朗。若有夸张的一笔径直拉出了边界，一定是覃白璧有意要为自己的内心，开辟一条新的道路，但纸张之外有些什么？书法之外又有些什么呢？也许还是书法，也许又是另外一番人生境界。

关于射洪的文学艺术，非巨著而难以述其璀璨，诸如音乐星空中以嗓音醇厚饱满、清澈明亮著称的军旅歌唱家刘文欣，以真切纯正、通透亮丽的歌声而曾获央视青歌赛通俗组银奖的歌手敖长生和以干净利落、洋洋盈耳曾获"星光大道"年度第四名，同时在歌舞、影视等方面皆有出色表现的后起之秀税子洺，以及曾获全国大赛"全国十佳歌手"的声情并茂、风格多样的胥拉齐，等等。写到这里，我突然问我自己，为什么花那么多笔墨，去写那么多射洪人物呢？记得在一篇创作谈里，我曾写过这样一句话：写人物的目的，就是写山河大地，而每片山河，又都对应着一个鲜活的生命，也正是这些浪花一般的人物，汇成了射洪文艺的洪流，也描绘着世间的诗情画意，让一条小小的涪江得以前浪推后浪，波浪宽广，千年的历史人文，也才得以东出汪洋，海阔天空。

第六章

武东山下『盐』如玉

化用清代诗人董以宁的"青山玉骨瘦"为"青山藏玉骨",来形容射洪井盐,自然是贴切无二的。的确,盐幽居于山谷,跻身于大地深处的暗无天日之中,借助无边的黑暗和浑浊,练就了一身的冰肌玉骨,也由此获得了化腐朽为神奇的超然能量。

武东山位于金华境内，海拔674.4米，有"川中第一峰"的美誉，自古以来就是射洪地理高度的象征。这里不但有马家沟十里盐场，有象征射洪工业文明起源的古盐道和种种历史印迹。明清以降，更是蜀盐的重要产区之一，"一座武东山，半部川中史"的说法盖缘于斯。初唐一代诗风的开创者陈子昂便出生于武东山下，一生在此留下了诗歌39首，论文4篇，对初唐的文学和政治都产生了深远的影响。762年，诗圣杜甫因拜谒陈子昂曾专程登临极顶，并在《陈拾遗故宅》一诗中，写下了"公生扬马后，名与日月悬"的著名诗句。

"一泉流白玉，万里走黄金"，这是宋代诗人宋永孚在《盐泉》一诗中对盐的描述。通俗点说，就是流出来的盐泉如白玉一般，远销万里，可换黄金。既赞美了盐的冰肌玉骨，也道出了盐的稀有珍贵。古往今来，有关盐的故事，不知凡几。就连李白那样清贵出尘的人也曾在《梁园吟》中写下了"吴盐如花皎白雪"的千古名句。西汉时候文学家刘向在《列女传》中记载了这样一个典故，说齐国有女名曰钟离春，因为长相奇丑，四十多也没嫁出去。一日见齐宣王，因其见解独特而得封"无盐君"，并被立为王后。"无盐"，什么意思？很显然，"盐"，已经被当作美的代名词了，而"无盐"，则成了丑女的代称。由此可见，在 2000 多年前的春秋战国，盐曾经是一种评判美丑的参照物，其主要原因，也许与盐的光洁、纯净，抑或味道有关。在古代，盐除了是美的象征，更是富有的标志。在罗马帝国征战欧亚大陆的过程中，因为曾经用盐给士兵发过工资，所以今天英语中的"salary"（工资、薪水）一词，也是从食盐"salt"演化而来的。秦始皇统一六国，首先抢占的就是盐场，三国时候，也正是因为魏国有池盐，吴国有海盐，蜀国有井盐，才使得三国鼎立局面的某种平衡得以较长时间的维持。不仅如此，很多时候盐还被当成了一种检验人品的试金石。就拿四川来说，数十年的军阀混战，争的是什么？除了地盘、粮食，最重要的就是盐，以及由盐带来的有盐有味的日子。身体所需是一方面，核心还在于盐是硬通货，说直白一点，盐就是金钱，盐就是美人，盐就是江山。但值得肯定的是，四川的军阀们虽然爱财如命，斗盐必争，真到了必须要出钱、出盐的时候，大多还是不敢含糊。比如刘湘、杨森、邓锡侯、李家钰这样的军阀，抗战爆发后不但出人出力，相当一部分盐粮收入都随一颗爱国之心投放到了抗日救亡的战场上。这也由此成了整个抗战期间，川盐，尤其是产盐重镇——射洪盐业规模得以发展壮大的重要原因之一。射洪的盐，除了要满足日常供给，稳定后方秩序，在渝、鄂、蓉等地的抗日前线，也到处都能见到射洪井盐的身影。毫无疑问，盐作为射洪这方热土的象征，也曾带着数十万射洪儿女浩浩荡荡的民族大义，义无反顾地奔赴抗日前线，为抗战的胜利提供了重要保障，也显示了射洪人其人如玉，其盐如玉的圣洁品质。但时光如流水，到 20 世纪 90 年代，所有盐井都随工业革命的风暴，尘封于历史长河之中，唯射洪井盐和那缕洁白，作为一种灵魂的底色和参照物，一代一代地传承了下来。

青山藏玉骨

化用清代诗人董以宁的"青山玉骨瘦"为"青山藏玉骨"，来形容射洪井盐，自然是贴切无二的。的确，盐幽居于山谷，跻身于大地深处的暗无天日之中，借助无边的黑暗和浑浊，练就了一身的冰肌玉骨，也由此获得了化腐朽为神奇的超然能量。

盐，原本是一个庞大家族，有海盐、湖盐、岩盐以及蜀地的井盐等。以色泽论，还有青盐、赤盐、黄盐、白盐、黑盐、紫盐。几大盐类中，海盐广阔，湖盐深厚，岩盐坚硬，唯有井盐，骨瘦而洁白，有时甚至给人一种营养不良的感觉。我爷爷当年就是一个盐工，中华人民共和国成立前后，一直以采盐维持生计。我幼时曾多次上过盐矿，有时候，爷爷会把我的衣服脱下来，偷偷放进卤水缸里，待卤水浸透了，再让我赶紧穿上回家。开始我并不明白是何用意，当祖母把我衣服上的卤水拧下来，在太阳下晒出白花花的盐末的时候，我才明白了其中的奥秘，后来做梦时还经常梦到那些摩天轮一般的盐车和白糖一样甜的盐粒。就因为这些非凡来历，打小我就知道，我出生于穷人家庭，我是最底层的穷人的孩子。而那些盐卤，原来也跟我一样，出身卑微，身处地下二三百米算是幸运，多数被深深地囚禁在地下一两千米，甚至三四千米的地方。而井盐的形成，远比我的想象还要复杂得多。由于井盐是一种天然盐类，因内陆水体沉积而形成的，当然也还必须依赖丰富的盐源。我们四川盆地，包括射洪武东山一带，当年都是汪洋大海，是伟大的地质运动给我们造就了山清水秀的优美环境，地下盐卤，也正是在历次地质运动中逐步形成的。据资料显示，一汪卤水的形成通常需要数百年、上千年，甚至更久。早年自贡曾发现一脉盐卤，其形成时间为距今2亿年前后的三叠纪到侏罗纪的海陆交互沉积时期，也就是说，一汪盐卤的年龄，最长可以跟恐龙比肩，甚至比恐龙还稍微要早一些。不同的是，恐龙称霸于阳光灿烂的地面，而盐卤却必须在"十八层地狱"接受命运的千淘万漉。卤水的形成除了复杂的地质条件，更要受到环境、气候、盐源、时间、蒸发条件等多种因素的影响。而提取卤水的过程，从来就不可能立竿见影，尤其是作为井盐的蜀盐，提取过程更是错综复杂。蜀盐之始，蜀郡太守李冰引入秦人采盐技术，在成都平原开凿盐井，汲卤煎盐，使用的是大口径盐井。但这种方法只能汲取浅层盐卤，难度不大，但井壁极易坍塌，盐工生命也毫无保障。直至北宋中期出现了小口深井——卓筒井，并开始使用"一字型"钻头击碎地下岩石，然后以楠竹作汲卤筒，插入套管内，筒底以熟皮作启闭阀门，一筒可汲卤数斗，井上竖大木架，用辘轳、车盘提取卤水。盐者，"天生曰卤，人生曰盐"，也就是说，卤水采上来了，盐与我们依旧隔着遥远的距离。盐自幼体弱，缺乏抵抗力，浑身也被多种杂质和有害金属团团围困，还必须要经过熬、蒸、煮、晒等复杂的流程，去除体内所有的毒素和污染，才能最终形成盐。"采卤蒸熬出洞天，冰魂雪魄满人间"。跟人一样，从卤水到盐，必须要经历提炼过程中的九死一生，才能最终抵达由浑浊到洁白如玉的至纯境界。

卓筒井的出现，虽然让中国古代深井钻凿工艺从粗拙渐往精细，但整套工艺还是缺乏了成熟的治井、修井技术，因而存在诸多安全问题。直到明朝万历年间（1573—1620），才由射洪人结合几百年的实践经验，研发出了全新的木制套管固井技术、修井和治井技术，采盐工艺才得到真正的改善，人员伤亡率也才由此大大下降，采盐效率更是得到了空前提升。明代射洪县令马骥在《盐井图说》中对当时盐场固井、修井等新材料、新工具、新技术进行了详细的记载。

追溯射洪井盐开采的历史，自秦以来，已经传承了2200余年。据唐人李吉甫《元和郡县图志》记载，到唐代，通泉县瞿河以西二十里就已经有了一定数量的赤车盐井，附近地方还另有盐井十三所。由此可见，唐时，射洪盐场就已经具备了一定的规模。史料上说，主要采盐范围大体为东至文星场，南至太和镇，西至香山场，北至太平场，东西相距四十里，南北相距六十余里。其中，以武东山马家沟规模最大，这里也是射洪历史上井盐最为集中的开采区和生产区。据专家谢德锐考证，"射洪井盐持续发展，到乾隆二十三年（1758年）增井293眼，三十二年（1767年）又增井391眼，合计为3000井"，销售范围覆盖省内外35个县。到"民国三十至三十三年（1941—1944），全县灶户二千余家，卤井一万余口，年均产盐约20000多吨，为川北各场之冠，而全县直接从事盐业生产的盐工1.5万人，间接从事制盐运销服务共约3万余人，总计占全县劳动力的15%左右"。一时间，除马家沟外，双溪镇、龙宝山观音堂、王郎蝙、王家嘴、文聚场等五个产区的盐井数量急剧增加，达到历史高峰，一时呈现出李白笔下"鱼盐满市井，布帛如云烟"的景象。

据《射洪盐业的历史与贡献》（谢德锐著）记载，到1950年，全县仍有盐灶1056座，盐井8294眼，以武东山下马家沟为主产区的井盐开采，仍然保持着射洪工业的主导地位。到1958年，在以大办盐业为主要内容的"大跃进"运动中，射洪开办了国营东风盐厂，厂部就设于马家沟。其时，除了马家沟的129眼卤井外，还同时拥有灰坝、枝架、潢坑、盐灶等各种配套设施和盐工700余人，年产盐量也达到了3540吨，到1979年，产盐量仍保持在6400余吨，盐厂还被授予四川省"大庆式"企业称号。由于众所周知的因素，盐场于1985年被迫停产，但借助东风盐厂的部分设备、资源，马家沟的村办制盐企业，凭着天然的盐卤资源和一腔热血，一直坚持经营到了1996

年，才最终不得不封井停产，让位于现代制盐科技，延续了2200余年的射洪井盐历史，就此宣告终结。

如今，马家沟盐场虽仅存恍若隔世的残井和遗潢，但其形象、气质依旧透视出当年的风采，与之相关的故事和代代相传的盐业精神，至今历历在目。不管是1928年盐业工会领导下的盐工反暴抗税，还是1929年马家沟盐工党支部领导下的多次抗税罢工，甚至是1947年到1948年以反压迫、反剥削、反军阀为主旨的工人运动的胜利，无不体现出射洪盐业工人朴素的人本思想和顽强的革命意志。井盐身处底层，跟千百年来的射洪人一样，一经出世就冰魂雪魄，显示了莲出淤泥的一尘不染和玉出深山的嶙峋傲骨。

不要人夸颜色好

射洪偏居内陆丘陵，注定无法拥有"夙沙煮海"那样的轻闲与浪漫。射洪的盐，一半靠古人的智慧，一半靠原始的工具，一半是盐的肌骨，一半是盐工一生的青春。所以在2000多年前，古希腊诗人荷马把盐称为"神来之物"，并非完全缘于一个诗人的想象。有时候我甚至认为，射洪青山千年不老的神话，以及"川中跃起一条龙"的龙骨，"川中大县一枝花"的花香，无一不是源于以武东山为代表的绵延不绝的地下盐脉。

"不要人夸颜色好，只留清白在人间"，这就是盐。这些洁白如玉的晶体，就是以武东山人为代表的一代又一代射洪人的真实写照。今天不管我们说盐为万物之精、天地之华、清味之神、调味之王，还是说盐是生命之源，文化之魂，其实都不为过。大明才子唐伯虎有云，开门七件事，柴米油盐酱醋茶，一语道出了盐在人生活中的重要位置。盐是生命运行的动力，相当于汽车飞机必不可少的石油。科学显示，一个体重70公斤的人，体内水的含量大约46公斤，盐分约为375克，数量算不上大，却维持着人体的稳定与平衡。为了解决食盐不易保存的问题，从根本上守住这种平衡，以满足人体对盐的需要，早在2000多年前，四川、陕西和两湖一带就巧妙地发明了泡咸菜、腌制腊肉保存盐分的方法。

除了维持人体的平衡，盐更直接的作用是很多人想象不到的。在人的体内，盐还是一个名副其实的快递员。据医学杂志记载，人体神经系统中的信息传递，必须依靠食盐中的钠离子来完成，人的肌肉收缩和心脏跳动都与钠离子密切相关。有一个成语叫弱不禁风，如果真的出现了这种状况，除了去医院检查自己是否意志薄弱，精神萎靡，还得看看你的体内还剩下多少盐。一旦盐分充足，不但可以精神饱满、百病不入，连瘴气余毒也奈你不何。盐用来洗脸洗足，更能深层清肤、杀菌、消炎、祛脂，促进新陈代谢，收敛粗大毛孔，给你一身光洁如玉的肌肤。

一代又一代采盐人，像一架一架的盐车一样，以周而复始的转动，维持着世界的正常运行，也推动着历史的向前发展，有人干脆直接得出了"得盐者得天下"的结论。当年黄帝和炎帝二位先祖就曾为盐而战，但基于大义，最后合并为炎黄，华夏部族也由此诞生，因而，就算直接说人类历史的起源与盐有关，也毫不为过。秦始皇当年就是仗着对陕南一带崇山峻岭中有"秦楚大道"之称的8条盐道的绝对掌控，而结束了诸侯争霸的历史。唐末农民起义首领黄巢，也因为家族是世代盐商，经济雄厚，才得以揭竿而起，建立大齐。但说到"问君能有几多愁"的南唐后主李煜，那就又是另外一番凄凉了，他沉迷于诗酒美色，眼睁睁丢失了苏北地区的扬州和楚州两大核心盐场，相当于把自己金库中的印钞机，拱手让给了对手，谈笑之间，"几曾识干戈"的后主李煜也被"请"出了赵匡胤的卧榻之侧。军阀混战时期，四川军阀李家钰和田颂尧之所以要割据射洪，分片而治，难道只是为了占据土地吗？当然不是，他们更看重是射洪的水陆控制权和"地下"银行——井盐。上半县的武东山马家沟，下半县的洋溪、瞿河、柳树等地，都是当时令人眼红的盐区。值得庆幸的是，射洪的盐滋养出的还并不都是一群白眼狼，李家钰的"盐利"，很大一部分投放到了抗战前线，田颂尧虽然抠门，后半生也没有什么特别值得可歌可泣的事迹，但他也在用"盐水"把自己的军队养得白白胖胖之后，毅然撕碎了蒋介石亲自为他安排的飞往台岛的机票，而最终选择和平起义，回到了正义的一边。

据《益州记》记载，四川井盐的大规模开采，是从秦汉时期四川第一口盐井——广都盐井兴起之后开始的，一路走来，射洪盐业不但成了历代地方政府的财政支柱，也带来了相关产业的共同繁荣。早在1941年年初，曾任川军副师长和四川警察局长的于渊将军回射洪探亲时，就与乡人一道，将盐业、棉纺、蚕丝列为三大经济支柱。但因工业革命脚步的步步逼近，射洪制盐业也由于缺乏科技含量和先进设备而逐年萎缩，江河日下，到 20 世纪 70 年代已仅存武东山马家沟盐厂一家，举步维艰地将射洪盐业之歌，唱到了尾声，最终在 20 世纪 90 年代，彻底宣告寿终正寝。

"昔人已乘黄鹤去"。对于普通人而言，井盐、盐业都已成为过去。但它曾作为射洪的象征，为中国井盐科技与人类进步做出了巨大的贡献。当年盐业的兴盛，全方位地带动了射洪陆运、航运、造船、煤铁、农商、日杂、教育、医疗、金融、文化、旅游、美食等各行各业的迅猛发展，不但为射洪带来了第一条县道——马家沟盐道、第一辆汽车、第一辆摩托车，还成就了涪江流域第一大码头——太和镇码头。甚至连太和镇本身，也因盐业的兴盛，而曾跃居四川"四大商贸重镇"之列。与此同时，盐业的发展，还催生了第一家工人医院、第一所职工子弟小学——马家沟盐工子弟校，第一所职业高中——盐业高中，川北第一所大学——川北农工学院等若干个射洪第一。射洪的金融业更是由此迎来了前所未有的繁荣，中央银行、中国银行、交通银行、中国农民银行等 12 家银行齐聚射洪，而在民间，太和镇还一度享有"川中金融中心"之美誉。井盐的发展，不但孕育了射洪现代工商业的雏形，推动了射洪经济、社会的全面发展，同时也加速了射洪文明脚步的一日千里。当我站在今天的高度，回望那些渐行渐远的盐井的身影，几乎很难相信，那么一股细细的地下盐卤，那么一架骨瘦如柴的木质的盐车，那么一拨青衫粗破、形容枯槁的采盐的乡民，他们竟以弱不胜衣的血肉之躯，从沉沉的雾霭中，采出了漫天的祥云；从浓重的暮色里，采得了黎明的曙光。也正是一代一代射洪人默默无闻地蹚过饮冰食檗的咸涩与凄冷，才得以从浑浊不堪的世界里，大浪淘沙般地淘洗出一尘不染的千年时光，让一抹"白雪青山"的生命底色，随时光的推移而显得纯净如初。当我们今天再次谈到盐，谈到射洪盐业当年的风采，更多只是把一些旧址遗存，当作文物古迹去参观，很少有人能把那段特殊的历史和盐的神韵与某种精神紧密地联系起来。随着科学的发展，盐也由稀有之物变成了寻常的调味品，但盐还是当年那个盐，味还是当年那个味，哪怕它总被我们放在某个不起眼的角落，但盐，始终白花花地存在于我们的生活中。

第七章

射洪春酒寒仍绿

一杯酒里，如果缺少了诗意，如果看不见绿水青山，品不出风雨阳光的味道，无论用何种标准来检验，可能都算不上什么好酒。一个"绿"字，除了是射洪一带水光山色和丰茂植被的真实写照，一定也包含了人心的清新优雅和纤尘不染。

　　"八月剥枣，十月获稻。为此春酒，以介眉寿"，这是"春酒"二字第一次在《诗经·豳风·七月》中出现。"豳风"的"风"，特指民间诗歌。也就是说，"春酒"这个称谓，源于民间而非杜撰。"春酒"专指春熟之酒，也指春天酿造，秋冬成熟的酒。"以介眉寿"，是说稻谷酿成的春酒，不但爽口，还可以此求取长寿。古人对酒的雅称有上百种之多，但"春酒"这一称谓却专属于酒之上品，类似于中国古代三公六卿中的司马、太傅，或者欧洲贵族阶层中的公爵、伯爵。据史书记载，射洪酿酒始于西汉，那时候的酿酒作坊皆以稻、黍、粱为原料，药曲发酵，小缸封酿，酿出的酒色绿而味寒，因此得名"射洪春酒"。而"绿"，一直也是射洪米酒的基色，但春天酿造的酒，盛夏之前必须喝完，越夏就会变质，要么犯浑，要么返浊，要么散发出馊腐之气。唐宝应元年（762 年）11 月，诗圣杜甫来到射洪，在拜谒了金华山陈子昂读书台和武东山陈子昂故居后，满怀深情地写下了"射洪春酒寒仍绿，目极伤神谁为携"的千古名句，既表达了诗人"目极伤神"的人生感慨，也以真切、本真的语言，赞美了"射洪春酒"的优良品质。按古代质检标准，在经历了夏、秋两季的淬砺，到冬天还依然能保持酒色的清绿，保质期将近一年，足见当时射洪酿酒技艺已经达到了何等高超的境界。

其实，早年我读杜甫的诗，"寒仍绿"三个字一晃就过去了，以为这不过只是诗人酒酣意畅后的溢美之词。直到有一次参加沱牌舍得生态园的品鉴活动，才对这三个字做了一些粗浅的探究。到了品酒环节，很多诗友端起杯子就直奔主题，而面对一个个高僧般参禅打坐的陶罐时，我反倒生出了几分别样的情绪来，于是就着光线，我开始了与一杯酒在夏日蝉鸣中的无声的交流与对视。透过晶莹的玻璃杯，仿佛一眼就能望见汉唐，当我屏住呼吸，《诗经》中的"绿酒"，似乎也淌过千年时光，在眼前的青枝绿叶间缓缓地荡漾了起来。酒是让人澎湃之物，但这一次，作为一个拥有多年酒龄的人，我意外地发现，一个人的内心，竟然可以在一杯酒里彻底地安静下来。当我把杯子端在手上，我与酒，与园中万景，与淡淡的清风，甚至与整个天地，似乎都随着酒色的荡漾而融为了一体，直至我从浓浓的酒香中回过神来，整个园子才跟着我的思绪慢慢醒来，而园中那些明亮耀眼的光，仿佛并不是从天上照射下来，而是从一片一片叶子上生长出来的。也就是这一次，我对绿酒之"寒"产生了新的认识。寒，本意是寒冷，杜甫诗中的"寒"，指的也是寒冷的冬天，说春酒入冬"寒仍绿"，当然更是对品质的描述。这样的美酒，不但透彻心扉，哪怕只是看看，也会生出一种"雪花酒上灭，顿觉夜寒无"的神奇力量。一个"寒"字被用到酒体身上，除了给人红梅白雪般凌寒彻骨的感官体验，也包含着一种冰清玉洁，不可亵渎之意，同时暗示着任何一滴美酒的诞生，都注定要经历一番人所不知的暑气熏蒸与冰雪严寒。关于酒色之"绿"，早年读陶渊明的《饮酒诗》，我尤其欣赏"清歌散新声，绿酒开芳颜"的说法，同样也认同杜甫对于"春酒"基色的现实主义描述。不管按古代标准，还是按现代标准，能达到"绿"这个品级的酒，皆为酒中的奢侈品。也许正是这种"绿"，开启了沱牌的生态智慧，早在几十年前，当人们还在为温饱问题而焦头烂额的时候，他们就已经走出了一条中国最早的生态酿酒之路，并建成了占地面积为650万平方米，绿化率达到98.5%的，我国第一座现代生态酿酒工业园，不但成了全国工业旅游的先行者，也由此成为生态酿酒的倡导者、引领者和行业标准制定者。

遗憾的是，对于酒之"绿"的评判，文学并不能给出一个标准答案。但我深信，一杯酒里，如果缺少了诗意，如果看不见绿水青山，品不出风雨阳光的味道，无论用何种标准来检验，可能都算不上什么好酒。一个"绿"字，除了是射洪一带水光山色和丰茂植被的真实写照，一定也包含了人心的清新优雅和纤尘不染。

泰安作坊

　　"泰安"二字，最早见于《易经》，自诞生以来，其深刻含义虽经三千年风霜雨雪却从不更改。"泰为通"，象征通泰、平安，有安泰亨通、吉祥顺遂之寓意。孔子后来也在《序卦传》中做出了"履而泰，然后安，故受之以泰，泰者通也"的解释。除此之外，"泰安"二字还有淡定、不浮躁、不折腾之意，传递出一种白居易式的"形安不劳苦，神泰无忧畏"的人生态度和精神境界。而"作坊"也就无须做更多的解释了，除了加工、制造等基本功能外，其核心作用应该就在于生产、创造，也许，这也正是泰安作坊和沱牌舍得深层的文化内涵所在。

　　泰安作坊位于沱牌舍得酿酒工业园内，距县城太和镇22千米，其酿酒技艺既是国家级非物质文化遗产，也是中国古今酿酒艺术的重要组成部分。"泰安作坊"源于唐代，建筑面积929平方米，现存古窖池两处，古井一口，作坊内设施齐全，历史传承真实完好。历经数百年沧桑的泰安作坊，不但完整地留存着沱牌曲酒传统酿制技艺的全过程，还能循其踪迹一窥中国传统蒸馏白酒的前世今生，从而一步一步厘清白酒酿造工艺，乃至整个中国酿酒工业发展的脉络，因此，泰安作坊也被誉为"中国酒文化的活文物"、活化石。前些时间闲翻《周易》，发现"泰安"二字五行皆为土，其中"泰"字还包含着水和木两种属性，分别代表着流动和生长的力量。而"安"之属"土"，旺于四季，一切生命自古也为土地所造，生于土，立于土，制于土，归于土。由此可见，"泰安"之土，不仅天生就是万物生长的福地，更是酿造美酒的风水宝地。古云："自古蜀酒甲天下"，水土无疑起了决定性的作用。据有关资料显示，中国白酒作坊（中国白酒酿造古遗址）便以蜀酒作为主体，于 2012 年入选了《中国世界文化遗产预备名单》，而蜀酒中最具代表性的白酒作坊遗址，就是射洪"泰安作坊"、成都"水井坊遗址"和宜宾"五粮液老窖池遗址"。基于这样的前提，我完全可以说：一个泰安作坊，就是半部中国白酒史。

即便不与酒发生关联，"泰安"二字的内涵也几乎可以让天下所有的文字黯然失色。历史上一切的征战、一切的奋斗、牺牲，甚至包括人类所有的悲欢离合、生死爱恨……其终极目的是什么呢？不都是奔着"泰安"二字去的吗？但谁也不会想到，声名显赫的泰安作坊其实占地不过 1250 多平方米，风格上也不过是典型的砖石结构，穿斗式屋顶上铺有瓦片，作坊味十足。建材也完全就地取材，因材造屋，成本低廉，简洁高朗，唯一讲究的是与自然环境的融合与协调。2007 年到 2008 年，四川省文物考古研究院、四川（遂宁）宋瓷博物馆和射洪文管所对"泰安作坊"遗址进行了深度的考古勘探与抢救性发掘。在超过两米的明清时代文化遗物堆积层下，发现了大量的酿酒、饮酒、酒肆等历史遗存，其中包括窖池、接酒坑、晾床、灰坑和地面建筑的石柱础、踩踏面、石墙基、排水沟。同时还发现了各式酒壶、酒杯、罐、缸、碗、盘、碟、灯、盏、盆、钵，以及砖、瓦、瓦当、石井圈等各种完整、可修复的器物 330 余件。其中的"翡翠品酒杯"，是代表浓香白酒酿造工艺"量质摘酒"的标志性工艺器皿。遗存中还包括古窖池两处，古井一口。其中始建于乾隆三十六年（1771 年）的沱泉古井，深达 11 米，日产泉水数百担，自古就是泰安作坊水源的根本保障。根据《礼记·月令》所记载的对于酿酒"湛炽必洁，水泉必香"的要求，沱泉井水的清澈、香醇，完全达到甚至超越了古法酿酒的种种规范。有人说，水为酒之血，美酒离不开良泉，对酿酒而言，这近乎真理。据专家考证，那两处古窖池，池壁用黄泥夯筑而成，从明代一直沿用至今，至少已有五六百年历史，为现存中国白酒行业最古老的窖池之一。这两口窖池今天仍在使用，以之酿造而成的曲酒，仍具寒绿、甘洌的独特风味。在查阅泰安作坊遗址考古的有关资料时，我还获得了一种专家们没有发现的发现，其实它的每一个窖池，每一道晾床、灰坑，包括每一个酒具、每一片砖瓦，原本都是一滴美酒一步一步走过的脚印。尤其让我记忆深刻的是作坊老车间地下六层文化层的分布，更让我清晰地看见了泰安作坊千百年来的命运。其中前五层皆为清代遗存，包括第一层的三合土，第二层的灰黑土，第三层的深灰黄土，第四层的灰黄土，以及第五层的灰沙土。到第六层的青灰色沙土时，便发现了含沙鸡屎坳良炭灰和动物骨渣，以及本地窑土青花碎片、景德镇青花瓷片和大量的杯、盘、碗、盏、灌、缸等。专家推断，这是明代的堆积层，古老而又清晰，仿佛一下就把人带到了明清时代射洪春酒汩汩奔流和射洪酒肆繁荣兴旺的现场。这上下六层，像史书一样，一页接着一页，一层连着一层，层层衔接、层层推进，既把射洪春酒从遥远的时空，推上了新的高度，又将人类文明从逼仄的时代，推向了新的广阔。酿酒业的发展，不但促进了经济、文化的繁荣，更为历史车轮的滚滚向前，注入了新的活力。当时的射洪商贾云集、市声喧嚷、日子安然，仿佛生活的每一个细节，都被浓浓酒香笔墨横姿地描绘着。难怪古往今来有那么多诗人为泰安作坊和射洪美酒赋诗作对。作为初唐一代诗风的开创者，陈子昂自幼好酒，一生留下的 100 多首诗歌中，与酒有关的就达 17 首之多，或送别、或重逢、或节庆、或独饮、或感叹人生际遇、或抒发家国情怀，酒酣情切，掷地有声。杜甫当年前来射洪，不但留下了"射洪春酒寒仍绿"的名句，也因其在射洪期间得到了当地人们好酒好菜的盛情款待，更受到了射洪美景透心彻骨的感染，竟于离开射洪两年之后，在《陪王侍御宴通泉东山野亭》中满怀豪情地写下了"江水东流去，清樽日复斜……狂歌过于胜，得醉即为家"的深情之诗。数百年后，清人吴陈琰有感于射洪美酒和杜甫遗篇，又欣然命笔写下了"射洪春酒美，曾记少陵诗"的著名诗句。1945 年，前清举人马天衢告老还乡，因赞叹家乡美酒的香醇，饱蘸激情，一挥而就，为泰安作坊写下了"沱泉酿美酒，牌名誉千秋"这副名垂青史的门联。随后，坊主人李吉安取上联的沱泉之"沱"和下联的牌名之"牌"，将射洪春酒命名为"沱牌曲酒"，一个注定要在数十年之后名扬四海并流芳千古的名字，就这样诞生了。

物换星移，时光流水，属于泰安作坊的时代虽已成过去，但其遗址，如美酒长河中的万里长城，更是一种永恒的精神图腾和文化象征。每次接近它，我都会对这个庞大的美酒家族兴起的地方——中国浓香型白酒和中国白酒之乡的重要发源地，油然而生一种崇高的敬意，并由此真切地感受到"舍得酒，每一瓶都是老酒"这句话的底气所在。

沱牌·舍得，一杯酒里的人生境界

　　笔墨横姿的涪江，在流经射洪这片神奇的土地时，画出了一道拂如锦绣、婉若游龙的优美曲线。而流经当年的通泉坝时，又在一片稻菽丰盈，草木繁荫的沃野中，形成了一个回环的水沱。由于沿江一带有硕大的村庄坐落，又天造地设般地搭配了风姿绰约的垂柳，此地便被命名为"柳树沱"，后来的柳树镇大抵也因此得名。我曾多次徜徉于这个碧波潆洄之地，一弯如练的江水，深知自己将在短短几千米后离开柳树，远别射洪，于是在宽阔的江面上往复打转，不忍离去。而很多次，面对回环的江水我不禁脱口而出：去吧，"莫愁前路无知己，天下谁人不识君"。但千百年来，这条多情的河流始终保持着一步三回头、洄洄而向东的独特姿势。直至柳树镇更名沱牌镇，江水也因电航大坝的高筑而变成了"柳湖"，那个回水沱才悄无声息地融入了万顷碧波。

　　沱牌的"沱"，得名于柳树沱的"沱"，这是早年的说法之一，事实也许亦是如此。当年马举人"沱泉酿美酒，牌名誉千秋"这副门联中的"沱",虽确指"沱泉",但沱泉的"沱",无疑也出自同一个"沱"。如今,柳树沱的"沱"已随历史的变迁而成为历史,喷珠吐玉的"沱泉",却因为历经千年岁月的淘洗和沉淀而最终修成了正果。

不知是冥冥之中的定数,还是自然法则使然,世界上几乎所有美酒都有一条清澈的河流相伴。比如赤水之于茅台、长江之于五粮液、加龙河之于拉菲、玛歌,涪江之于沱牌舍得……河流是一个地方的灵魂,也是决定美酒血统的核心要素。酿酒,既是人与自然的相遇,更是天人合一之后的一场掏心掏肺的对话,而在酿造法则中,人与自然之间,总是彼此保持敬畏之心。顺应天时,敬畏自然,坚持用自己酒粮基地的粮食和舍得生态园特有的新鲜空气来作为原料,也因此成了沱牌酿酒的一大秘籍。任何美酒,原本都是山水风光、人类智慧和天地灵气相互作用的产物。从这个意义上讲,作为浓香型白酒的沱牌舍得,堪称天人合一的典范之作。沱牌舍得传承汉代"酤酒"、唐代"春酒"、明代"谢酒"和清代"沱酒"的千年传统酿造技艺,而生产基地又隐身于山水之间,既有青山绿水的环抱,更有日月精华的滋养,自古以来就以"窖香浓郁、清冽甘爽、绵软醇厚、尾净余长"的独特风格,而享有"沱酒上船满舱香,沱酒进屋香满堂;行路带上沱牌酒,沿途千里尽飘香"的美誉。如果追根溯源,早在西汉时期,射洪境内已经开始了以制曲发酵法酿造粮食酒,至唐代工艺改进后,又以"稻、粱、黍为料,药曲发酵，小缸封酿"，冬酿春成，寒香醇美，故以"春酒"名之。而到了明代嘉靖年间（1522—1566），射洪人谢东山引进了"易酒法"，结合传统工艺，酿出了独具风味的"谢酒"，将射洪美酒提高到了一个新的品级。故而当时曾有"横堤雾柳拥酿户，岸渚烟笼谢酒香"的赞美之诗。此后，"谢酒"便马不停蹄在不断革新的路上一往无前，直至一步一步越过历史的风风雨雨，才终于在中华人民共和国成立后的1951年迎来了新生。为了让酒的产量和品质更上层楼，射洪政府将泰安作坊纳入统一管理，成立了"国营射洪县曲酒厂"。但因当时，山河破旧，百废待兴，这个获得了新名称的酒厂，却迟迟没能如愿以偿地获得新的发展。直到1976年，这个沉寂了数十年的"作坊式"小酒厂，才真正迎来了生命的春天。这一年，一个英俊潇洒，品格中正，精明睿智，且年仅26岁的机关干部李家顺受命出任沱牌曲酒厂厂长。他以前无古人的气魄，带领沱牌披荆斩棘、开疆拓土、锐意革新，仅用了短短的10多年时间，就让一个岌岌可危的小作坊，发展成了全国500强大型企业集团和中国最大的优质白酒制造企业之一。1995年在国家统计局组织的全国性优质白酒取样调查中，沱牌曲酒被誉为"口感最好"的白酒。"沱牌股份"也于1996年在上海证券交易所挂牌上市。在细数沱牌建厂以来斩获的数百项殊荣的时候，我好几次被那些排列整齐，但又盈千累百的奖牌、奖杯晃得眼花缭乱。实在太多了，尽管我一再做减法，但那些成为一个时代，乃至国家记忆的印迹，无论如何也减不下去——1980年，沱牌曲酒被评为"四川名酒"，1989年，在全国第五届评酒会上，摘得"中国名酒"的金字招牌，并由此跻身全国十七大名酒和"川酒六朵金花"之一。

此后的数年间，沱牌人励精图治，不断创新，又多次获得了全国质量奖等若干重大奖项，公司也发展成为集白酒生产与科技、工业、贸易、营销和天马玻璃、文化旅游等为一体的大型集团。不但在很长时期内成为射洪乃至遂宁的重要经济支柱，更因其品牌形象、市场口碑和社会影响，成为当之无愧的时代典范。但因消费税政策调整等多种因素的影响，2001年沱牌业绩受创，净利润一度呈断崖式下滑，后经公司一班人艰苦努力，终于在两年之后的白酒行业"黄金十年"到来的时候，迎来了新一轮近10年的跨越式发展。此间，"沱牌"这个声名显耀的家族卧薪尝胆，推陈出新，于2001年研发了高端品牌"舍得"，并相继推出了"陶醉"及舍得系列高档酱香品牌"吞之乎"等，实现了利润的大幅增长。尤其是高端白酒"品味舍得"的上市，把中国智慧融入白酒文化，赢得了市场的广泛赞誉，也为公司带来了新的气象。根据发展需要，2011年，原"四川沱牌曲酒股份有限公司"正式更名为"四川沱牌舍得酒业股份有限公司"，从此，"沱牌""舍得"的双品牌发展时代正式来临。随着混合所有制改革的启动，2015年民营企业天洋控股以38.22亿元的价格拍下沱牌舍得集团38.78%股权，又在重组过程中持有了沱牌舍得集团 70% 的股权。随后，66 岁的李家顺辞去公司董事长和总经理职务，这位沱牌舍得的缔造者，在倾其毕生心血创造了一代酿酒工业神话之后，高蹈大年、功成身退了。由天洋集团控股的沱牌舍得，继续与射洪政府一道推动着这架庞大机器的正常运转。到 2019 年，由于天洋集团旗下其他资产项目多次向舍得集团及舍得酒业拆借资金而未及时偿还本息，导致天洋股权所持 70% 股权被法院冻结。实事求是地说，此时此刻的沱牌舍得，遭遇了有史以来最严峻的考验，企业也被逼到了进退维谷的境地。在这样的情况下，已是 61 岁高龄的公司副董事长张树平急公司之所急，临危受命，于 2020 年 9 月毅然挑起了舍得酒业股份有限公司董事长的重担。虽然在任时间只有短短两年多，但任职期间，以其超凡的智慧和勤勉尽责的精神，让公司的品牌形象、销售市场，重新得到了多方高度认同，不但让公司营业收入和利润得以大幅增长，舍得酒业也很快告别了 ST，股价更是暴增了 476%。当然，在公司面临重大转折和重重困难的时候，除了张树平，也多亏了公司副董事长、总裁蒲吉洲在内的所有沱牌人的齐心协力，奋发图强、共渡难关，才终得柳暗花明。2020 年 12 月，天洋所持沱牌舍得集团 70% 股权被复星集团旗下豫园股份在公开拍卖中竞得，至此，复星集团董事长、知名企业家郭广昌成为舍得酒业实际控制人。郭广昌我不认识，第一次听说这个名字是在十年以前。我知道他是浙江人，自从跟射洪发生关联，他更像一个浙江籍的射洪人，既能弄潮，又能逐波。查阅他的履历和成就时，我意外地发现，他敢想敢干的个性，跟"敢想敢干"的射洪精神，竟然有着惊人的一致。如是我曰：一个不会创造奇迹，并且手中没有神来之笔的人，注定只是金字塔前望洋兴叹的追慕者，永远无法成为郭广昌那样的金字塔的缔造者。郭广昌毕业于复旦大学哲学系，他非常清楚广与昌、高与远的辩证关系，因而，我完全有理由相信，他能带给沱牌舍得的，一定会是别开生面的另一种景象。

为了确保公司稳健、持续发展，2023 年，经董事会审议通过，倪强当选为公司董事长，蒲吉洲当选为公司联席董事长，新的班子，新的气象，沱牌舍得也由此踏上了新的旅途。随着舍得酒业与复兴集团的全方位融入，随着"老酒战略、多品牌矩阵战略、年轻化战略和国际化战略"等四大经营战略的施行，这一次，沱牌舍得迎来了真正的复兴，一种欣欣向荣、锐不可当的发展势头，也如日出东山一般，款款呈现。2022 年 6 月，射洪被命名为"中国白酒之乡"，也就在这一天，四川沱牌绿色生态食品产业园正式成立，射洪市委常委、常务副市长戴宇负任蒙劳，信心百倍地挑起了园区党工委书记这副千斤重担，这也意味着"白酒之乡"和"食品产业"从新的起点，迈向了云程发轫、似锦如花的新征程。

每次从远处眺望，我一眼就能看见如黛的青山、古老的通泉坝，玉带似的涪江穿越千年时光静静地流经沱牌舍得酿酒工业园，美泉、美酒、美景，在这里三位一体。这是北纬 30.9°，也是世界酿酒黄金地段之所在，离开这个地段，世间再无美酒。据说有人曾试图在沱牌舍得园区以外制造假沱牌、假舍得，以谋取暴利，虽技艺高超，但水土不服，屡战屡败。2023 年春天，当我再次进入贮酒库，看见那些高僧般参禅打坐的贮酒陶坛在芬芳的酒香中吞吐呼吸，闭关修炼，以及长时间与空气、温度和历史文化的对话、交融，我突然明白，有些酒，在什么地方都可以制造，但沱牌不行，舍得更不行。因为文化底蕴、地理环境、气候因素、科技成分，包括人的情怀、境界、心态等，都是酿成美酒的重要元素。也正是由于天然的酿酒条件与独特的人文环境，才使沱牌舍得不仅酒品超凡，连厂区的上空，也终年弥漫着一种沁人心脾、经久不衰的浓浓酒香。顺着沱牌舍得上下千年的风雨彩虹梳理下来，我发现一个有趣的"三"字效应。说口感，有入心入肺的自然之味、智慧之味、时光之味三种味道；说传承，涵盖了泰安作坊、沱牌曲酒、沱牌舍得三个阶段；说体制，又经历了私人作坊、国企，再到民企三种模式。从生态酿酒的角度来看，也早已实现了独具的自然生态、前卫的科技生态和鲜活的文化生态相结合的三种形态，从而形成了完整而独特的生态体系。我一直在想，这些"三"是否就是酿制沱牌舍得的秘籍所在呢？"一生二、二生三、三生万物"，"三"，是丰富的象征，也包含着无限的可能。

至于"舍得"二字的含义，人人皆可从百度上获得，但未

必都能从自己的内心搜索出来，即便心里查到了概念，落实到
具体的行动时，也未必都是言能践行、知行合一。在沱牌舍得
的辞典里，"舍得"既是一种哲学，更是一种平常心。如同日常
生活里的有无、来去、拿起、放下，就这么简单。正如佛经所
云，无所谓舍，也无所谓得，这也是另一种意义上的舍得智慧。
他们解囊行善、扶困济危、斥资兴学、修桥铺路，送人玫瑰，
手留余香，但他们从不把这些挂在嘴上，对于舍与得的深刻内
涵，沱牌自有一套成熟的理论。在他们的心目中，不管是小舍
小得，还是大舍大得，不过只是数量上的差异，放到一颗平常
心里，也不过就是一件平常的事情。所以对于"舍得"二字，
大可不必费尽心机、重三倒四去做那些故作高深的过度解读。
在我看来，"舍得"原本就是一种简单的平衡术，如同我们小时
候坐过的跷跷板，一头是"舍"，一头是"得"，唇齿相依，缺
一不可。平衡即是协调，协调才可能产生真正的和谐之美。沱
牌舍得不正是以这样一种精神，在坚守着某种亘古不变的平衡
吗？一边是市场，一边是良知；一边是利益，一边是责任。沱
牌人，在人尘之间、舍得之间，给美酒留出了一条干净的通道，
也为清澈的灵魂，开辟了一方悠远而宽阔人生的境界。而沱牌
舍得也从一滴水开始，在与自然、与时光、与山水人文的深度
交融和对话中，养成了骨子里的甘冽醇厚与一尘不染，也如所
有的沱牌人和舍得酒一样，既坚守着灵魂深处的高贵，又保持
着超凡脱俗的低调的奢华。

第八章

说『锂』

那么轻的金属，冶炼过程中，不知是否添 / 加了白云，锂的颜色 / 也是普通的银白，就像某些品质中 / 最耀眼的部分 / 往往比想象的 / 要平淡很多……

对"锂"的关注，源于它的"轻"。

早年读昆德拉的《生命不能承受之轻》，一直不太明白"轻"到底有什么深刻含义，辞典上也没有给出见新的解释，直至后来读《史记》，读到"或重于泰山，或轻于鸿毛"，才对这个"轻"字有了浅略的认识。很多时候，人们可以背负泰山之重，却不能承受鸿毛之轻。而在现实的另一端，"轻"的内涵时常体现为无足轻重、被人看轻，这种"轻"与轻重有关，但比轻更轻。如果在金属中为它寻找一种对应元素，那无疑是"锂"，如果从现实中为它寻找一种对应之物，我首先想到了早年的锂盐厂和天齐锂业。由于连年的巨亏与凋敝，他们除了继续要把"锂"这种最轻的金属背负在身上，还必须承受精神上的被人小看甚至轻视。但也正是这种"轻"，在扪参历井、百转千回之后，很快转化成了蒋卫平和天齐锂业的责任与担当之"重"。有时我甚至认为，在蒋氏父女眼里，世界上最轻的金属也许并不一定是"锂"，而是名利得失。当我翻阅"天齐辞典"的时候，更是清晰地看见，他们内心深处的个人得失之轻，商业利益之轻、自我荣辱之"轻"，准确无误地对应着社会责任之重、科技进步之重和时代前行之重。

世界上最轻的金属

"莫道君行早，更有早行人"。早在我们懂"锂"之前，锂，就已经在前卫的科技领域迈开了豪迈而轻盈的脚步，不但为我们开疆拓土，也拓展着人类的认知与想象。当初，我一直认为锂是难以驾驭的异类，直至用上了电脑、手机，开上了电动车，并且多次走进锂盐厂生产线，才算肤浅地知道了"锂"为何物。书上说，"锂"这个名称源于一种叫硅酸盐的矿物——透锂长石。这种矿物，是1800年一个叫希瓦的巴西化学家在瑞典一个小岛上旅行时发现的。发现之初，这位喜欢旅游，又非常贪玩的科学家，只知捡来的石头里藏着一种神秘的金属，但并不知道那就是"锂"。直到1817年，瑞典化学家阿韦德松发现这种石头，在火中迸射出深红色的火焰，才以希腊文"lithos"（石头），将其命名为"锂"（英文 Lithium）。在金属家族中，锂的密度最小，所以又被称为最轻的金属。但在当时，因其与人们的日常生活毫无关系，除了少数科学家，这种宝物根本没有引起谁的注意，就像两百多年以后真正驯服这种神奇金属的天齐锂业一样，最初也因名不见经传而备受冷落。及至 2019 年，97 岁高龄，并被尊为"锂电池之父"的美国科学家古迪纳夫因其"创造了一个可以充电的世界"而获得诺贝尔化学奖，"锂"，这个恍若"外星"来客的异类，才引起了人们的普遍关注。也正是这个被誉为 21 世纪"能源金属"的"异类"，以其无与伦比的能量与活力，改变了地球上数十亿人的生活，并正在影响和改变着未来世界的格局，就像当年小小的造纸术之于欧洲一样。众所周知，造纸术源于我国，由东汉蔡伦改进后得以普及。751 年，大唐将军高仙芝率数十万之众，在中亚与阿拉伯军队交战，由于西域军队中途叛变，导致唐军节节败退，军中几个造纸工匠成为阿拉伯军队的俘虏后向他们传授造纸术，并建立了阿拉伯帝国的第一个造纸厂。造纸术由此迅速远播欧洲，并有力地推动了整个欧洲的文艺复兴运动，也促使中世纪黑暗的终结大大提前。如果没有这几个不起眼的工匠，没有造纸术的传播，欧洲文明复兴和崛起至少要往后延迟半个世纪，甚至更长，而造纸术与锂元素对人类的影响几乎异曲同工。很多时候就是这样，一个微不足道，甚至毫不起眼的事物，往往成为改变世界的关键。

而"锂"正是如此，作为最轻的金属，因其质量轻、体积小、寿命长、性能好、无污染，而被当作低碳行业和新能源产业的一线明星，受到千恩万宠，并享有 21 世纪的"能源金属"之美誉，是国家确立的 36 种战略性矿产之一。但锂的得来，远没有明星出场那么亮丽光鲜、昂然自若。据资料记载，自然界中发现的锂矿床主要有盐湖（卤水）型、伟晶岩型和沉积型。目前我国探明的资源储量以盐湖型、伟晶岩型为主。而锂，通常以盐类形式存在于矿物中，也存在于高岭土、石灰岩和盐湖的肌体之内。由于盐湖锂矿开采产业化进程缓慢，导致我国锂资源大部分依赖进口。当今世界，锂矿资源极其金贵，拥有一定藏量的国家不足十个，而整个亚洲，中国的产量最大。据调查统计，全球目前探明锂资源约为9800万吨，数字是否精准不得而知，但稀有，是确凿无疑的。其分布遍及北美、南美、亚、非、欧和大洋洲，具体到国家单元，主要还是集中在以玻利维亚、智利和阿根廷为核心的南美"锂三角"地区，以及美国、澳大利亚和中国。据统计显示，到2021年我国已探明的储量大约有400多万吨，主要隐身于江西、青海、四川和西藏等地的矿石中。在这种状况下，锂矿资源的开采，无疑成了一种战略眼光的体现。

2023年5月的一天下午，当我在锂电园区看见那些远道而来的石头跟射洪城北的中国智慧融为一体，我突然感觉，那些石头的灵魂，仿佛化作了一道洁白的光，耀眼，但不炫目，平淡，却见真奇。就像我在《锂——致天齐锂业》一诗中所云：

那么轻的金属，冶炼过程中，不知是否／添加了白云，锂的颜色／也是普通的银白，就像某些品质中／最耀眼的部分／往往比想象的／要平淡很多……

也许，这"平淡"所代表的正是天齐低调而朴素的精神。也正如那个平时喜欢读党史、读《钢铁是怎样炼成的》，善于从保尔·柯察金的身上去寻找激情和动力，并且身怀"实业报国"情怀的蒋卫平，以其超乎寻常的淡泊，践行着一个企业家质朴而纯净的初心。不管从哪个角度来看，蒋卫平都是成功的，蒋安琪也是成功的，但大量的信息告诉我，他们眼里的成功，常常并不完全体现为荣誉和金钱。蒋先生常说，做企业的人，如果没有为国家、为民族、为社会做贡献的思想，赚了钱，却忘记了自己的社会责任，企业再成功，你也是失败者。有些人听来，这仿佛是大话、套话，甚至很容易被调侃为冠冕堂皇，但我信，就像相信一块我素不相识的石头里藏着"锂"，就像我相信这个世界即便被黑暗笼罩，仍会有星星闪烁在远处的天空。在这苍茫的人世间，总有一些东西，需要蒋卫平这样的人替我们坚守着。

近年来，他带头倡议并践行的"扶危济困"行动，累计为抗震救灾、贫困家庭子女上学、脱贫攻坚和新农村建设等捐赠资金近 3000 万元。而 60 多岁的蒋卫平，不但自己夙兴夜寐地工作，还要求员工和自己的家人，也把工作和奉献当作毕生的爱好和事业。在回答记者提问时，蒋先生说他没有什么别的爱好，工作就是最大的爱好，同时也是最好的休息，足见其对事业的痴迷程度。非但如此，他对身边的人，尤其是对女儿蒋安琪，更是有着跟普通员工一样严格的要求。其实，蒋安琪这位

80 后出生的研究生，不但博学多才，人品高洁，而且在历经了多年的风霜雨雪和世事浮沉之后，已成长为拔类超群的商界精英——天齐锂业股份有限公司副董事长和天齐锂业的实际控股人。即便如此，蒋卫平仍然不断告诫女儿，天道酬勤，你没有任何理由不努力，世间聪明、能干的人比比皆是，要成功，就必须要艰苦奋斗。也正是这个出生于 20 世纪 50 年代的知识青年，这个在上山下乡的大潮中，以清贫的出身，从射洪乡村的泥土中一步一步走上人生舞台的杰出的企业家，在踏上实业报国之路的几十年时间里，跟他的宝贝女儿蒋安琪和天齐员工一道，以其平常之躯，担起了铁肩道义，营造了中国锂业的无限风光。即便如此，我们依然难以在那种抛头露面的场合，一睹蒋氏父女的身影，就像一个森林的植造者，从来不让自己在林子里躲荫。或许，这正是价值连城的金属之"轻"，在蒋氏父女身上所对应的个人荣辱之"轻"，也正是这种"轻"，承载了锂电科技与民族工业振兴的未来之重。

有"锂"走遍天下

20 世纪 90 年代初，中国仅有江西、四川和新疆三大锂盐厂，算得上是凤毛麟角了。其中，四川的射洪锂盐厂，地处射洪风光旖旎的涪江西岸，但也是毫不风光的亏损大户。当年行走在射洪的大街小巷，总会不时传来对锂盐厂的种种非议，有说投资失误的，有说管理不善的，有说贪官假公牟利的。其实，当时我也无法判断这些非议到底是正是非，跟大家一样，我并不懂"锂"。但冷静下来，我联想到了两千多年前因为修筑万里长城而惹得天下怒骂的秦始皇，骂声一直传了上千年，直至侵略者穷凶极恶的铁蹄多次被阻挡在长城之外，骂声才逐渐得以消解。长城也因此名副其实地成了一个民族最伟大的风景，人们也才逐渐发现秦始皇的伟大。跟长城的异曲同工之处在于，当初那个入不敷出、大败亏输的锂盐厂，不管是未卜先知，还是歪打正着，最终出乎意料地为射洪锂业日后的雄姿英发奠定了最初的基础。说句公道话，如果说当年投资锂盐厂算是"失误"，那么失误的原因也许就在于太过超前，没有同步于当时老牛拉破车的时代步伐。当然，遭骂的原因也跟囿于资源和市场的局限，而迟迟没能给老百姓交出一份满意的答卷有关。在射洪这样一个以争分夺秒著称的地方，老百姓需要的是吹糠见米、立竿见影。你投资可以，如果不能很快见效，挨骂遭白眼，甚至被扣上"盲目投资""劳民伤财"的帽子也是在所难免的。其实，在当时的客观条件下，"锂"也的确暂时没有太大的用武之地，锂盐厂连年亏损，入不敷出，也在意料之中。何况大家根本不知多年以后，锂这种金属在冶炼、制冷和陶瓷、玻璃、橡胶、焊接、医疗，以及航空航天、移动通信、电子产品、电动汽车、储能系统等领域的重要作用。直至 1997 年的那个并非春天的春天，射洪锂盐才像一匹蛰伏多年的千里马一样，迎来了它的伯乐。这一年，已在某国有企业担任工程师 10 多年之久的蒋卫平突然下海自谋职业，干起了进出口贸易，并与射洪锂盐厂建立了深厚的商业联系。连蒋卫平自己也没想到的是，当时前途渺茫的他，竟然因其与这个小小锂盐厂的你来我往，而为日后拨云见日、大展宏图做出了良好的铺垫。

通过数年的翻山越岭和不断求索，凭着对锂矿资源和锂电行业的深刻了解，2003 年，蒋卫平创立了天齐集团。也就在这个时候，国营射洪锂盐厂由于市场、管理、体制等多种原因，造成累计亏损达 6000 余万元。那个年代，6000 万元差不多就是射洪地方财政收入的五分之一，可谓是真正的天文数字。为卸下这沉重的"包袱"，2004 年，经射洪政府与蒋卫平双方议定，射洪锂业的全部股权作价转让给了天齐集团，射洪锂业也从此更名为天齐锂业。但造化未必尽如人愿，虽然这个雄心万丈的中年男人早已激情满满、蓄势待发，但上天并没有因为他励精图治的一腔热血而对其网开一面，让他出手得卢，旗开获胜。同样由于资源、市场等多方因素，企业陷入了难以自拔的困局，致使满腹经纶、意气风发的蒋卫平，一时很难用生花妙笔，绘制出心中酝酿了多年的壮丽图景。即便如此，他并没有因为举步维艰而急流勇退，困难与机会就像天平上的两个砝码，孰重孰轻，他拿捏得非常精准。也正是在如此这般出师不利的经历中，蒋卫平获得了屡败屡战的制胜法宝。到 2007 年，天齐改制为四川天齐锂业股份有限公司，彻底完成了股份制改造。2010 年 8 月的最后一天，由于蒋卫平艰苦卓绝的努力和公司傲里拔尊的业绩，天齐锂业迎来了在深交所的成功上市。但也就在这个时段前后，赫赫有名的比亚迪推出了第一台纯电汽车 E6，而另一位同行则在福建创立了宁德时代。很显然，国内市场对锂矿的需求很快呈现出快速增长的态势，一个由锂矿缔造的铢两分寸的"白色石油"时代呼之欲出。

有"锂"走遍天下，谁掌控了锂矿资源，谁就是将来的"王者"，这个道理，蒋卫平了然于胸。那时候，国内大部分矿石依赖进口，这不但引发了蒋卫平的深思，更极大地激发了他的斗志：中国锂业岂能受制于他人！为了从根本上解决资源不足的问题，早在上市之前蒋卫平就把目光投向了国门之外。在面对海外资源的时候，美元在他眼里，也似乎变成了最轻的金属，把资源拿回自己的祖国，无疑才是他心里的重中之重。2014 年，天齐锂业收购了世界最大的锂辉石矿——澳大利亚泰利森锂业 51% 的股权，而这个矿山拥有世界质量最好的锂精矿。这次的收购，被很多人称为"蛇吞象"，其实，今天再来回望天齐的收购历程，我却认为并非如此。在一个带着宏大的民族振兴之梦的人面前，再大的"象"，也不过是小小的蝼蚁，唯有智慧与实力才是战无不胜的。四年之后的 2018 年，历经多番周折，天齐又再次收购了提锂技术全球领先的智利 SQM23 的 77% 的股份，并成为其第二大股东。看见这两次超级收购，我恍然大悟，蒋先生这不仅是在为天齐抢占资源，更是在为自己的国家"敛财"，或者说是以"锂"的方式，积蓄一种国家能量。这些最轻的金属，就像蒋卫平和他的天齐一样，以其平凡之躯，承载着不平凡的重任和一颗沥胆濯肝的赤子之心。而那些异国他乡的矿石来到中国，也像亲人一般很快融入了中国的水土，大有一种此"心安处是吾乡"的归属感。正是基于"命运必须牢牢掌握在自己手里"的宏大构想，天齐以四两千斤之力，一步一步实现了自己庞大而精密的收购计划。十多年间，他们相继取得了异乎寻常的辉煌战绩——

2008 年，取得了四川雅江县措拉锂辉石矿的探矿权；

2010 年，收购国内最优质的盐湖资源拥有者——西藏日喀则扎布耶锂业高科技有限公司 20% 的股权；

2012 年，取得国内锂矿石品质最好的矿山——措拉锂辉石矿的采矿权；

2015 年，收购全球首条全自动电池级碳酸锂生产工厂——江苏张家港生产基地；

2016 年，在澳大利亚西部的奎纳纳启动建立了设计产能为 4.8 万吨的氢氧化锂自动化生产工厂；

2017 年，全资收购位于重庆铜梁的金属锂工厂。

尤其是以四川甘孜州的矿产资源作为战略储备，并参股 SQM，快速实现了对世界最大储量和最高品质的盐湖卤水型锂矿的战略布局。

资源在手，天齐锂业不但资产规模和行业地位得到快速提升，同时以其超凡的实力和在国内领先的技术优势，无可争议地成为全国最大的锂电新能源核心材料供应商、全球最大的矿石提锂生产商，其电池级碳酸锂和电池级无水氯化锂等生产技术也跃居国际先进水平。据资料显示，2018—2020 年，天齐锂业锂盐销量折合碳酸锂当量位居世界前列，成为全球第二大电池级碳酸锂供应商，所掌控的可开采锂资源，约占全球可开采锂资源的 20%，其电池级碳酸锂的国内市场占有率更是达到了 54%。随着射洪、安居、张家港、铜梁和澳大利亚奎纳纳规模领先、技术先进的锂化合物生产基地的建立，天齐锂业俨然一座巍峨雄壮的东方高原，屹立于锂业王国的云天之上。

在锂电世界，蒋卫平既是奇迹的创造者，也是重要的行业标准制定者；既是工业碳酸锂和电池级单水氢氧化锂国家标准制定的参与者，更是电池级碳酸锂、电池级无水氯化锂、锂辉石精矿行业标准的牵头制定者。除了自身拥有多项发明专利，还拥有国家授权专利 30 余项，并出色地承担了多项国家火炬计划项目和科技创新项目等。

至此，也许有人要问，天齐锂业一路走来是不是显得太过顺利了？带着这个疑问，我再次打开了蒋卫平的创业履历，虽然他有宽阔的国际视野，也不乏稳健的实战经验，但他并不是神。与同时期的众多企业一样，入道之初，天齐照旧出师不利，即便是呕心沥血，也照样没有幸免"天降大任"之前的刻骨铭心的迷茫与疼痛，更没有绕开严重的债务危机几乎把天齐逼到 ST、退市，甚至崩盘、倒闭的危险境地的无助与绝望。虽然最终云开日出，但艰难的跋涉中，这对父女和所有天齐人所承受的一切，又有谁能体会呢？再比如 2014 年对澳大利亚泰利森的收购，其实也是一场惊心动魄的恶战。年利润不到 5000 万元，总资产也不过 15 亿元的天齐，竟然天不怕地不怕，要与当时资产已高达 400 亿元的美国洛克伍德等多家公司争夺全球最大固体锂矿拥有者泰利森的控制权。乍一看，这似乎比行家们所描述的"蛇吞象"还要离奇，但当时的天齐，就是一条不按规定路线行走的"蛇"。即便是把奇招迭出、破釜沉舟这样的词语通通用上，似乎都难以描述他们当时与对手斗智斗勇，背水一战的情形。但最终的结果是，蒋卫平和他率领的中国团队，以少胜多，以弱胜强，击败了众多劲敌，赢得了一场新时代的中国式"淝水之战"的胜利，将泰利森这家世界锂业巨头的控制权牢牢控制在了中国的手中。经过短短几年的卓绝拼搏，2022年，天齐锂业在香港联合交易所成功上市。这场"战争"的胜利，为日后天齐锂业王者地位的奠定，打下了坚实的基础。"满怀憔悴有谁知"，在整个过程之中，蒋氏父女和他们的团队到底都经历了什么样的艰难险阻？我想，除了他们自己，也许就只有时光知道。

如今，天齐锂业的业务早已涵盖资源开发、产品加工、锂矿贸易三大板块，不但是深交所和港交所的优质上市企业，也是全球领先的锂产品供应商。随着中国四川、江苏、香港及英国、澳大利亚、智利等生产、资源基地和分支机构的设立，天齐锂业的脚步已遍及全球。锂之轻，器之重，作为核心中的核心，在从锂盐厂，到锂电产业园，再到中国锂电之都核心区的蜕变、升华过程中，天齐锂业不但以其雄厚的锂矿资源和良好的发展前景引人瞩目，更是以饱满的时代激情与超凡智慧独立潮头。有"锂"走遍天下，一个属于中国、属于射洪并且领先全球的"锂电时代"，也由此迈开了"锂"一般轻盈的步伐。

第九章

一花独放也是春

"一花独放不是春"说的是集体主义，"一花独放也是春"说的是卓尔不群。"春"，是"竹外一枝斜"，是"满园春色关不住"，也是"风光不与四时同"。"独放"，既是独自、独步、独树一帜，又是独志、独具、独有千秋。用在射洪人身上，更有一种蓄势而来，拔丛出类之意，与射洪精神中的一马当先、勇往直前，有着某种神投意会的对应与契合。

"一花独放不是春"说的是集体主义,"一花独放也是春"说的是卓尔不群。"春",是"竹外一枝斜",是"满园春色关不住",也是"风光不与四时同"。

"独放",既是独自、独步、独树一帜,又是独志、独具、独有千秋。用在射洪人身上,更有一种蓄势而来,拔丛出类之意,与射洪精神中的一马当先、勇往直前,有着某种对应与契合。

探寻这种精神谱系的千年传承时,我发现了三条清晰的脉络。

一条是祖脉,也是身世之脉。其实,射洪的出生,丝毫没有我们想象中的显赫。555 年,天下纷乱,西魏恭帝元廓是有名无实的傀儡,他在我们这方土地上留下的唯一"政绩",也许就是饮鸩辞世之前朱批了"射江"这个名字,虽然两年后就被改为了"射洪",但射洪的名分却肇始于斯。早年有个民间段子,说别人射的是鸟、是日、是雕,"射洪"射的却是"江"、是"洪水"猛兽,冥冥之中就预示了这个地方日后的道路,注定不可能风平浪静。这个多舛之地,降世之初就逢国运衰靡,又赶上南北朝的疆土割据,兵荒马乱、民生悲苦。作为射洪人,你不奋斗,谁为你奋斗?你不崛起,谁帮你崛起?由此,"奋斗"二字便顺理成章地成了射洪人千百年来的人生主题，也成了射洪精神谱系的祖脉所在。

射洪精神谱系的第二条脉络是文脉，与诗祖陈子昂一脉相承。他不但以政治上的真知灼见直指朝廷沉疴和社会百弊，更是以一己之力开创了一代诗风，展露出前无古人的革新精神和一往无前的铮铮风骨。一千三百多年后，射洪人革故鼎新、敢为人先的"想大事、干大事、成大事"的精神脉络，无疑正是这种精神的延续。

第三条是命脉，源于1949年中华人民共和国的成立，在1978年的改革大潮中形成滚滚洪流。也就从那时开始，射洪人才真正启动了脱胎换骨的奋斗模式，通过整整40年的努力，终于在2019年7月，迎来了撤县建市。"撤""建"二字，既是命运的转折，也意味着历史的改写；既是对数十年奋斗的高度认可，更是对"想大事、干大事、成大事"的射洪精神的充分肯定。正是这些清晰的精神谱系和历届班子环环相扣、代代相传的远见与胆识，才凝成了射洪精神发扬光大的真正动力。纵观射洪的前行，如同一个人脚踏钢琴键盘，朝着高音的方向昂首阔步，一步一步深沉下去，弹出的音调也越来越高。自2019年撤县建市翻开新的篇章伊始，三年之后的2022年，便以第98位的排名，如愿进入了赛迪"中国县域经济百强县"的行列，到2023年7月再度进入这个榜单时，射洪的排名由98位一下跃升到94位，这个高度无疑让射洪在中国县域经济的青藏高原上，亮出了自己更高的位次。一年的努力，前进了 4 位，也可以量化为前进了 4 步，在日常生活里，"4"这个数字看起来并不起眼，但在登山运动中，难度却跟登天不相上下。如同一个运动员，从海拔 1000 米到 4000 米仅花了 10 天，从 4000 米到 8000 米却用了 20 天，那么 8000 米以上呢？高处的前进，比低处的前进所要付出的艰辛，总是超乎我们的想象。全国目前有 2800 多个县级行政区，390 多个县级市，而射洪排名第 94 位，如果一定要为这个排名寻找一种具体的形象对应，就相当于一个攀登者，从平均海拔不足千米的四川盆地，一步一步越过崇山峻岭，最终走进了中国县域经济"百强"的珠峰大本营，同时为自己赢得了伸手触摸太阳、回头俯视来路的绝佳位置和资格。

盘点射洪精神的标志性图像时，我明显地看见了盐、诗、酒这三大元素在射洪精神谱系中的灵魂作用。秦汉伊始的井盐，既赋予生命以力量，也是射洪工业、商贸的祖脉；陈子昂的政治胆识和诗歌革新，是射洪人敢想敢干、敢为人先的创造精神的鼻祖，也造就了骨气端翔、从容自信的射洪品格；而酒，既给人以诗酒年华和挑灯看剑的能量，更予人以"杯酒长精神"和"壶中日月长"的豪气与率真。

独特的射洪精神，铸就了独特的射洪理想；独特的射洪理想，催生了独特的射洪脚步。精神、理想、脚步的三位一体，最终让射洪从低矮的川中浅丘，迈上了"中国百强"的高地，同时赢得了众多令人瞩目的业峻鸿绩，仅最近几年获得的国家级殊荣，就有"中国投资竞争力百强县""国家现代农业示范区""全国文化先进县""中国绿色生态模范县""全国科普示范县""中国白酒之乡""2023年全国县域旅游综合实力百强县"，以及"平安中国建设示范县"等，还是四川省唯一蝉联平安中国建设最高奖项——"长安杯"的县（市）。这些荣誉，有的是射洪发展史上的第一，有的是川中地区乃至全省和西南地区的第一，有的在全国更是屈指可数。那些光彩照人的奖牌，每一块都是一方农田、一页诗书，一扇不眠的窗，而每座奖杯，又酷似一滴汗水、一粒粮食、一个沱牌舍得沉甸甸的酒杯。每次看见那些奖牌奖杯，我都会不由自主地想起"金杯银杯不如老百姓的口碑"。为了印证它们的含金量，我刻意绕开对地方主要领导的采访，而乔装走进了普通人群。我准备了三个问题：一、本届市委、市政府做了哪些让你满意的事情？二、本届市委、市政府做了哪些让你不满意的事情？三、如果以百分制让你为他们的工作打分，你会打多少分？带着这些问题，我采访了机关干部、退休职工、普通居民和乡野村夫共计100人。他们对脱贫攻坚、乡村旅游、新农村建设，以及城镇更新、经济开发，人居环境，尤其是对沱牌舍得和天齐锂业等产业集群的发展壮大，给予了高度一致的评价。100人中，对市委、市政府工作点赞的人数达到96人，换算过来，相当于满意度达到了96%。而不满意的4%，主要集中在农副产品价格、拆迁安置、大病保险，以及机关干部工作量大、待遇偏低等方面。点赞是诚恳的，意见同样是诚恳的，点赞如献花，而所有的意见更像是百姓递给官员的一面面镜子。这镜子照着瑕疵，也照着天空的澄澈；照着百万射洪人的身影，也照着一枝独秀的"百强"之花。这花，开在阡陌上，种在花园里，别在射洪的胸前，捧在劳动者手中，当它芬芳四溢，那是泥土的气息；当它摇曳生姿，那是人间的春色。

中国百强的百尺竿头与灵魂三问

前 5 世纪左右，古希腊哲学家柏拉图提出过一个经典的哲学命题："我是谁，从哪里来，到哪里去"，此后被引申为如雷贯耳的"灵魂之问"。19 世纪末，法国后印象派画家保罗·高更干脆直接以此为题，创作了巨幅油画《我们从何处来？我们是谁？我们向何处去？》，形象直观地表达了这一哲学命题所引发的人生思考。多年以来，射洪人也一直在以具体的行动，回答着这个拷问灵魂的旷世之问。

由于受交通、资源和地理位置的制约，跟沿海地区相比，射洪一千多年来的发展，很多时候盘桓于"积跬步，至千里，积小流，成江海"的循序渐进，给人一种"轻煮时光慢煮茶"的磨磨蹭蹭的感觉。今天的射洪，为什么要日夜兼程、励精图治？为什么要结盟济阳、牵手仁怀、缔交会理、看齐昆山？"一寸光阴一寸金"，这句唐诗常用于劝人惜时，用于一个地方的发展，也照样合适。从某种意义上说，中华人民共和国成立以来，也就是 1949 年到 1979 年这 30 年，射洪很多时候是在按部就班、

怠惰因循、瞻前顾后、步履蹒跚中行进。1978 年之后，虽迎来
了轰轰烈烈的改革开放，但闭塞的射洪，相当一段时间依旧是
在穿钉鞋杵拐棍，摸着石头过河。这有错吗？没有错，改革开
放毕竟是新事物，要让任何一个内地官员都具备广东深圳、上
海浦东那样的胆略和气魄，几乎等于天方夜谭。客观地说，在
那个时段，射洪的城乡面貌和人民生活看不出有什么翻天覆地
的变化。直至 1987 年涪江大桥建成通车，一桥飞架，既解决了
东西交通，也打通了两岸人心的千年阻隔。而 1992 年，"五十米
大街"，也就是今天的太和大道中段的竣工通行，更是让整个射
洪，气血通畅。据说这条在当时比人心还宽，而今天看来仍显
得有些狭窄的"五十米大街"的修建，还曾经历过一番不同寻
常的"论战"。最早的方案上好像是 100 米左右，由于宽度太过
"离谱"最终改为了 50 米。随着时代车轮的加速，这条让射洪
人的面子宽阔了许多年的大街，很快就显得捉襟见肘。假如当
初视野再宽一点，胸怀再打开一点，大大方方修成 100 米，如
今那些堵车、堵心的问题不就不存在了吗？前几天独自走在这
条街上，满目的车水马龙不禁让我一阵唏嘘：当年，是什么扼
杀了这条街的宽度？也许并不是某一个人或几个人，而是观念，
是一种安常守故的思想使然。那么射洪人骨子里的泥古不化是
从什么时候开始被彻底打破的呢？我想，应该是从 1996 年 5 月
24 日，这一天，沱牌股份在上交所 A 股上市。这不但让沱牌成
为全国白酒行业第三家上市公司，也是遂宁第一家 A 股上市公

司，可以说是一枝独秀。那个年代，包括我在内的很多人尚不知上市为何物，股票也被简单地理解为圈钱，不过那时候，这样理解也不错，有钱终归是光荣的事情。后来才发现，沱牌上市的意义远远被我们看轻了。也就从那时候开始，射洪人发现了自己的价值，一个小小的农业县份，竟然能推出一家上市公司，并且在上海那样的大世界里出人头地，仿佛自己也体体面面在上海的舞台上亮了一回相，那满脸的风光，似乎很难用语言描绘。沱牌的上市，不但打开了射洪人的眼界，也让射洪人的观念发生了脱胎换骨的变化。

其实早在沱牌上市之前的 20 世纪 90 年代初期，射洪的综合实力就已经在川中地区一马当先，并被四川省委、省政府确定为"四川加快丘陵地区经济发展试点县"，当然，也仅限于川中，所以到 1994 年，底气满满的射洪人就大胆提出了撤县设市的申请，虽因国家政策调整，撤县设市工作在 1997 年被叫了暂停，但 2013 年撤建工作重新恢复，射洪马上又再次递交了申请，一个百万人口的农业大县，从此正式踏上了漫长而修远的创建之路，一走就是整整 6 年。由于沱牌舍得、四川美丰、华纺银华、天齐锂业等多家上市公司的崛起，不管是成就与实力，还是激情与速度，射洪都已抵达了川中地区超群拔类的高度，经济总量占据遂宁全市的 40%，并成功入选了"四川省 2018 年度县域经济发展强县"。自此，作为川中大县，射洪也因大胆创新、锐意改革，而在遂宁，甚至四川丘区经济发展中一花独放。

1995 年《四川日报》头版头条以《川中跃起一条龙》,《人民日报》头版以《川中大县一枝花》为题,全方位地肯定了射洪改革发展的成功经验。由于工农商业和经济、文化等各项社会事业的飞速发展,2019 年 7 月 12 日,经国务院批准,撤销射洪县,设立县级射洪市。

正当大街小巷沉浸于撤县建市的热度之中,人们喜形于色的表情还在街头巷尾氤氲弥漫,2020 年年初,射洪又被四川省委、省政府确定为"全国县域经济百强县"培育对象。如果说撤县设市带来的更多是一种建制上的变化,那么这个"培育对象",带给射洪的将是千载难逢的发展契机。此时,射洪仿佛一个万人瞩目的田径运动员,激情四溢地站在了决赛的跑道上,但助跑的架势刚刚拉开,却发现自己也仅仅具备了起跑的能力,对于途中必备的加速度,以及后半段决定胜负的强力冲刺,似乎并没有绝对的把握。这也许就是多年以来负重前行所造成的底气不足。私下里,我把这叫作缺氧反应。进入"赛道"后的较长一段,看起来像是"百强"路上的冲刺,其实更像是"雪拥蓝关马不前"的步履蹒跚。也就在这样的关键时候,李江来到了射洪,这位"70 后"的年轻智慧的遂宁市委书记,在 2021 年 9 月 22 日召开的射洪干部大会上,从实际出发,哲学而写实地提出了"射洪怎么了?""射洪怎么办?""我要怎么干?"的"射洪三问",一针见血地指出了射洪发展面临的问题与困境,并就如何以"敢叫日月换新天"的精神,筚路蓝缕,鼎新革故,提出了具体要求。刚刚以遂宁市委常委的身份兼任射洪市委书记的见微知著、头角峥嵘的谭晓政，以及干练务实的射洪市市长王能，迅速带领党政一班人精义入神地开展了触及灵魂的"射洪之问"大讨论。这场讨论持续的时间并不长，却如直击灵魂的金鼓之声，敲醒了一场迷茫之梦。雷厉风行的射洪人，立马从多年以来悬而未决的问题着手，从首批"六街两广场"的城市更新项目着手，以面貌的日新月异，让老百姓在最短时间内看到了市委、市政府改革求变的决心和行动。有了良好的开端，交通、文旅、城建、国土、教育、民政、卫生等各个方面也迅速形成了吴越同舟式的大配合、大联动。曾经令人担忧的旧日格局，仿佛一夜之间荡然无存，射洪人以"无边光景一时新"的崭新气象，翻开了射洪新的篇章。

那么，在"奋进百强"的过程中，射洪人到底干了些什么？进入"百强"之后，射洪人接着又干了些什么？

查阅相关资料，我看见了这样一段文字——2022 年新年伊始，射洪市委二届七次全会做出了"建设八区、奋进百强"的决定。会议刚刚结束，一个以创新服务模式，优化营商环境为目的的"24 小时不打烊自助服务区"正式建立，与之配套的二十条措施随即出台，书记、市长也同时开通了为民、为企业服务的专门绿色通道。尤其是"24 小时不打烊自助服务区"的建立，宣告了一个为民服务的全新时代的来临，不但让政企之间、人心之间多了一条畅通无阻的绿色纽带，更为一个时代的突飞猛进打开了一道一帆风顺的通衢。

有了这次会议的春风，也就有了"两岸猿声啼不住，轻舟已过万重山"的一日千里。2022 年 3 月，天马玻璃公司年产 50 万吨高档轻量玻瓶项目和一期 6 万吨技术改造项目顺利建成投产。随即，瞿河涪江大桥通车、"锂电之都"产业生态及供应链大会隆重举行、中国锂电产业大数据平台发布、上线……一步一个台阶，也一步一步把射洪推向了新时期的新高度。紧接着是 2022 年 6 月"中国白酒之乡"授牌仪式的举行和四川沱牌绿色生态食品产业园的成立。而几天之后的 6 月 23 日，射洪锂电化工园区被正式认定为省级化工园区，2022 年 7 月，射洪一鼓作气，成功跃升迪赛"2022 年中国县域经济百强县"的行列。连绵的青山，葱茏的碧树，甚至所有的射洪人，似乎也因此挺拔了许多。

一年多的追风逐日，再一次证明了射洪超人的冲刺能力和巨大能量。据官方资料显示，"十三五"期间，射洪的综合实力稳步提升，全市地区生产总值突破 400 亿元大关，总量位居遂宁第一。随着城市的更新升级和交通、水利、能源、信息等基础设施的同步完善，城镇的功能、品位、形象更是令人耳目一新。与此同时，生态环境、公共教育、医疗卫生、文化体育、就业服务、社会保障、综合治理等领域的协调发展，更是大大提升了广大群众的幸福指数，随着平安射洪建设的深化，射洪不但成功获取并蝉联了"长安杯"，营造了一个安然、和乐的社会环境和生存空间，整座城市也呈现出有史以来的最佳状态。与此同时，在历次特大洪灾、瘟疫，以及各种突发事件的应对过程中，群众的健康与安全总是被置于最重要的位置，尤其在新冠疫情肆虐的时候，更是被作为党政工作的最高行动准则摆在了首位。正如副市长陈丽宇所说，卫健工作就是疾百姓之所疾，甚至就等于群众健康，因而在疫情期间，整个卫健系统一手抓疫情防控，一手抓卫健发展，"群众对卫健工作的满意度"也同时被列为检验工作实效的终极标准。在我后来做的问卷过程中，老百姓就"疫情防控"给政府打出的分数，比政府工作人员自己给自己的打分还要高。同样是这个问题，分管民生的张君副市长原话是这样说的：任何时候，只要灾难降临，市委、市政府首先想到的就是跟百姓站在一起。尤其是在面对"新冠"这样的突发性疾病和灾害时，除了民政常态化的兜底保障和适当的额外生活补助外，还专门针对那些在就诊、治疗等方面特别需要给予关照的群体，开通了 24 小时绿色通道，并且实行一对一的服务，绝不留死角，绝不让一个老百姓脱离政府的服务视线。从张君和陈丽宇的话语中，我感到了一种作为射洪人的欣慰和踏实，也不禁想起范仲淹那句"先天下之忧而忧"。

在"百强"路上，工业的灵魂作用是毋庸置疑的，作为灵魂之灵魂的射洪经开区，更是在关键时候，发挥了举足轻重的作用。2008 年，在河东新区的基础上升级更名的射洪经济开发区，是射洪实施工业强县战略的产物，既是全省首批"5+1"特色产业园区、绿色园区，也是全省，乃至成渝地区双城经济圈多个产业的重点示范园区，更是全国优秀锂电新能源产业园区和国家级中小企业特色产业集群等诸多头衔的拥有者。在产业发展方面，不但迎来了35家锂电和机械电子产业、精细化工等相关配套企业的入驻，更是形成了以锂矿资源、锂盐、锂金属加工及汽车锂电池和新能源汽车等产业为核心的锂电全生命周期产业链，足以改变射洪发展格局的千亿级"锂电之都"核心区也已初具规模。随着多种产业的齐头并进，占地7平方千米的射洪经开区，已逐步发展成了四川重要的机械产业基地、西南微电子产业聚集地和成渝地区精细化工产业基地。从某种意义上说，经开区的突飞猛进，不但为射洪工业强市发挥了核心作用，更为射洪明天的一日千里积蓄了强劲的动能。在新的发展阶段，对经开区的系列构想，无异于给远处的天空注入了一抹广阔的蔚蓝。正如管委会主任李毅所说：未来的经开区，将以全新的发展理念和全新的发展格局，聚焦锂电新材料、机电、精细化工三大主导产业，以"一区三园"为主要载体，努力打造实施"工业强市"战略的主战场和推动产业转型升级的"主引擎"，力争早日建成西部现代化工业强市和成渝中部共同富裕先行区。

射洪的另一个板块——农业，在近年的脱贫攻坚和乡村振兴中卓有成效，为"百强"之路增添了一道亮丽的风景。当我就这个问题采访市委常委、宣传部部长何小江的时候，他胸有成竹地告诉我，不管是在巩固脱贫成果，还是着力塑造特色优势和建设精品示范村镇等方面，射洪一向坚持从实际出发，从乡村振兴的核心内容上狠下功夫。按我的理解，他所说的核心内容，就是"授人以渔"，绝不让乡村穿上"皇帝的新衣"来冒充新农村。在这个问题上，我跟他的看法是完全一致的。乡村振兴，既不是施舍，更不是作秀，而是以人为本，以农民和发展为核心。如果不能一辈子扶着他们走路，那就帮他们做点实事吧，为他们提供机会，创造条件，谋求出路，增强可持续发展能力。说到这里，我突然想起一首歌：你笑起来真好看。真正的乡村振兴，就是让老百姓脸上常挂着笑容。说到笑容，我不得不又回到经开区，我的老家就在张家口高速收费站背后，有时候路过，总会跟收费员开玩笑说：你又占我家的土地，又收过路费，却从来不请我喝杯茶。玩笑归玩笑，但就这个"占"字，让我的乡亲尝到了甜头。土地被"占"用之后，我的堂妹蒲利容就再没有跟随打工的洪流涌向沿海，而在射洪经开区一家企业谋了一个清洁工的职位，工作轻松，还能照顾家庭，收入也还马马虎虎。每次当我问她对现状是否满意，她都会笑得非常开心：像我这种没得文化的人，能在家门口谋到这份工作，既能安心上班，又能照顾家庭，简直太安逸了。其实，在我老家，像我堂妹这样在经开区工作的乡亲，还为数不少，好些当年不远千里去沿海打工的人，也陆续返回了家乡。跟张副市长聊到这个话题时，她告诉我说，射洪的快速发展，留住了很多外出务工人员的心，近一两年，从省外返乡工作的人数，已经有 5000 多人。除了经开区这样的乡村振兴模式，具体到全市其他乡村又是什么情况呢？何小江谈到了对水利、交通、房屋等农村基础设施和农民居住环境的改善，谈到了住房、义务教育、基本医疗、饮水安全，以及乡村产业规划、发展，等等。而我格外看重的是，射洪对农村现代产业发展的深度谋划。应该说，"产业"二字才是乡村振兴的根本，也只有通过发展产业，才能实现长久的真正意义上的振兴，并且从根本上壮大农村集体经济，提高群众的生产经营性收入。比如何小江所说的"一村一品"特色产业的打造，包括沱牌舍得酒粮基地和特色种养殖业、特色乡村文旅项目、现代农业产业园、科技园、产业融合发展示范园。无论是它们的形象塑造、功能配置，还是可持续发展能力，皆可称为乡村振兴的典型范式，更是从多个层次，以多种业态的并存，再现了一种蓝本式的新农村画卷。

很长一段时间，我一直沉浸于射洪城乡美丽的画卷中，甚至把他们走过的风雨泥泞也看成了一种独特的风景，事实上，也正如对一幅画的欣赏一样，我并没有真正看到画面背后的荆棘塞途。仅以射洪文旅发展为例，没有火车、飞机，也没有五星酒店、5A 级旅游景区和大型自然景观，更没有天上掉落的馅饼，这是何小江、张君和蔡静回答我的提问时给出的共同答案，也是射洪文旅发展无法回避的先天不足。但就是这样的条件，就凭有限的资源，一群卓荦不羁的人，靠着"冬寒抱冰，夏热握火"的顽强意志，为射洪赢得了全国"县域旅游发展潜力百强县"的殊荣，并过五关、斩六将，从54个申报单位中脱颖而出，于2023年8月，成功跻身四川省第五批天府旅游名县的行列。而在面对经济发展、园区建设、民生保障、城镇更新以及三农、环保、交通等多个方问题和困难的围追堵截时，射洪也自有一套轻松化解的独特方法，正如副书记陈文所要求的那样："奔着问题去、迎着困难上、顶着压力干"。而在具体实施的过程中，又对所有的难题实行项目化、清单化、责任化目标管理，将工作责任落实到岗、明确到人，严格实行挂图作战、倒排工期、压茬推进。试想，如果一帆风顺，谁愿意这样强力施压呢？一向把调查研究作为攻坚克难的制胜法宝，并善于以独特的方式将调研成果转化为工作成效的常务副市长戴宇，在深入建设现场、生产一线和面对复杂多变的现状时，表现出了"不经一番寒彻骨，怎得梅花扑鼻香"的韧劲与乐观。如果说陈文注重吃苦耐劳、负重涉远，那么戴宇则喜欢凌寒傲雪、以苦为乐。与其说这是乐观主义，不如说是在重重困难面前的成竹在胸和达观自信，这也正是我们平常所说的射洪精神在实践过程中的真实体现。如果只看结果，"百强"的赢得似乎体现为各种指标，如果透过那些指标，"百强"的一点一滴，则更多地体现为一种精神在射洪大地上的渗透与散发。

那么进入"百强"之后，射洪人又干了些什么呢？

佛教史书《五灯会元》中有句名言："百尺竿头须进步，十方世界是全身"。意思是说，"百尺竿头"并不是制高点，还需更进一步，方能抵达真正的高峰。就像当年，一个记者向初露锋芒时的足球名将贝利提问：你认为，你哪一个球踢得最好？贝利毫不犹豫地回答："下一个。"当贝利成为真正的球王之后，记者再次问他同样的问题，贝利的回答仍然是"下一个"。贝利是清醒的，他没有满足于当下的"这一个"，而是将"最好"锁定在了永无止境的"下一个"。从球王精神，我不禁联想到了射洪精神。如果说射洪精神的核心是不断创新，那么，踔厉奋发、更上层楼，则应该是这种精神永恒的主题。奋进更高位次的百强，本身就是一种高位攀登，应对前路艰险，射洪早就磨砺以须。就像谭晓政所说：百强榜上排名第一的昆山尚且在持续突破，省内县域经济的百舸争流，更是后浪前波。标兵在前、"追兵"在后，如何再突破？从哪些方面突破？怎样进行突破？这是射洪的必答题，也是摆在党政班子和所有射洪人面前的一道难题。面对这个问题，他还给出了五个关键词——崇尚"创新"、注重"实体"、描绘"美好"、追求"效能"、推进"共富"，也可以说这是高位求进的五大行动纲领。此后的日子里，射洪各行各业、各个阶层相继从不同的角度给出了自己的答案。在集中回答这三个问题时，市长王能是这样说的：挺进全国百强以来，射洪始终保持着拼命三郎式的"拼经济"的劲头，紧紧围绕"三十二字"工作总思路，坚持以"四化同步、八区并进、全民共富"为总抓手，抢抓优势产业和发展机遇，持续优化营商环境，全力扩大招商引资力度，充分挖掘多方潜力，让各项事业，尤其是重点产业始终保持势不可挡的良好势头。通过一年时间的艰苦努力，到2023年7月，射洪的"百强"位次，从第98位跃升到第94位，相当于从海拔5000米以上的珠峰大本营，一步一步迈向了海拔8000米。

明知山重水复，蜀道之难，但梁启超笔下那种"又挟风雷作远游"的能量与气概，在射洪人的骨子里从来就没有消泯过。当我就"如何奋进更高位次的百强"这一问题采访何小江的时候，这位惜字如金，不尚虚华，且以实干著称的市委常委、宣传部部长，一定要遵从自己严谨、慎微的风格，坚持以书面形式回答我的提问。何小江是从基层"干"上来的，面对我的问题，他自有其独特的角度。他首先谈到了射洪精神和祖祖辈辈射洪人敢为人先的自信，并特别强调了"干字当头、干字为要、干字在先"的"三干"实践。在谈到工业强市在建设更高位次"中国百强"中的支撑作用时，他不但对多年以来"坚持工业强市不动摇，做大做强实体经济不松懈"的发展理念进行了具体阐释，同时肯定了锂电新材料、食品饮料、机械电子、能源化工四大主导产业的确立和"千亿园区、百亿产业、百亿企业、上市公司"培育计划的实施，在拼进"百强"新高度过程中的关键作用。他尤其谈到了在成就更高位次"百强"的关键时刻，锂电产业的一马当先。2022年，射洪锂电实现产值320.62亿元，同比增长309.7%，占全市工业产值比重58%。2023年4月，国家级锂电材料检验检测中心在射洪签约落地，如降甘霖般地填补了中西部锂电材料质量检测空白。随着当升科技、盛新锂能、富临精工等10多家知名上市公司的入驻，初步构建起了全生命周期的产业生态圈，成为中国西部地区锂电产业链最完善的集中区之一。

落脚到具体措施和发展现状时，何小江不但特别强调了市委、市政府发展方针在具体实践中的引领作用，还详尽列举了多个方面所取得的实绩。比如在进一步强化"百强"根基方面，他给出了一连串让人眼前一亮的数据：2022年，射洪实现规上工业企业总产值613.8亿元，锂电新材料、食品饮料、机械电子、能源化工产业实现产值572.4亿元；新增规上工业企业12家，总量达到135家；拥有3家上市公司和4家国家级"专精特新"小巨人企业，数量居四川省百强县第1位。而在描绘美丽城乡、增强百强底色方面，按照"东进、西畅、南拓、北延、中优"的城市发展总体思路，经过短时间的艰苦努力，射洪的城镇化建设也因此成为全省样板，不仅入选了全省县城新型城镇化建设试点，还荣获全国重点镇、全国文明村镇、天府旅游名县、省级特色小城镇、全省"乡村旅游示范镇"等多项荣誉。而在提升百强交通区位优势方面，射洪则遵循"对外四通八达、对内畅通无阻、群众高度满意"的原则，加快了绵遂内城际铁路、遂德高速、射洪至西充高速、射洪至遂宁快捷通道、G247改线等重点项目的全面推进。与此同时，工业和乡村与文旅的融合也成了一道独特亮丽的风景线。沱牌舍得酒文化旅游区、两江画廊广兴双江村、瞿河中皇村 3536 "三线城"，等等，不仅带来了工业旅游和乡村旅游的兴盛，也扎实推进了乡村产业的振兴。紧接着，他还引用市长王能的讲话谈到了城市风貌改造和能级提升，特别是城市功能的有序完善。比如惠及 10 万群众的第二人民医院的落成，再比如 "城市能级提升" 辐射全市 21 个乡镇的成功探索，等等。由此可见，射洪追求的全国百强，不仅仅是经济上的百强，同时也包括了对乡镇和各行各业在内的多个层面、多个领域、多个环节的正面显示度的提升。作为宣传部部长，何小江的话题最后还是回到了意识形态。他尤其看重理论之于实践的指导、引领作用，同时特别强调 "射洪之问" 对射洪干部、群众的 "灵魂拷问" 所产生的巨大震撼，以及全市上下的大调研、大学习、大起底和找问题、理思路、蓄能量活动，在全力以赴拼经济、搞建设的广泛共识形成过程中的重要作用。正是由于全市上下的勠力一心和同舟共济，才在新时期、新赛道的冲刺中，创下了若干个第一，也正是各种 "第一" 的摇曳生姿，共同汇集成了射洪这个 "百强" 县（市），百尺竿头，更上层楼的底气和动力。

千亿俱乐部

　　6月的一个夜里，独自在涪江边上瞭望星空，我忽然突发奇想地把"千亿"二字还原成阿拉伯数字100000000000。11个"0"，既像沉甸甸的硬币，又像热腾腾的汗珠，甚至像一串完美的句号在我的眼前闪现。这些"0"，给了我无尽的遐想，冷静下来却又发现，这似乎并不完全准确，其实这11个"0"，原本只是一串长长的脚印，它带着父辈的沉重、现实的理想，更像是射洪人凝望未来的眼神。而那个"1"代表了什么呢？横着看，可以理解成一花独放、首屈一指、万众一心的"一"，也可以诠释为一如既往、一往无前、一马当先的"一"，而竖起来的"1"，则酷似一种站立，一个指引方向的箭头，或者一根挺拔直立的旗杆，放远一点看，更像是一个人，用不屈的身躯在努力地完成一次长途跋涉，他身后的一长串"0"，除了是深深的脚窝，更像是留在身后的圆。而"俱乐部"一词发源于英国，后逐渐演变为社会地位和高雅品位的象征。"俱乐"，大家都乐，所以在我看来，敢于玩"千亿"这个概念的人，除了是成就上的大款，还必须是精神上的大款。放在射洪来理解，千亿更是一种旅程，一种高度与底气，而透过"俱乐部"这三个字的一笔一画，我所能看见的，却并不都是横平竖直的道路，很多时候，更像是横折钩、竖弯钩的陡峭和曲折。射洪人在披荆斩棘的旅途中，诠释着奋发图强的深刻含义，也拓宽了"俱乐"和"乐岁家家俱自得"的诗意与境界。

如果说"撤县设市""中国县域经济百强县"代表的是过去和现在，那么，"千亿俱乐部"所代表的则是射洪的未来。2023年2月下旬的某一天，在"四川县域经济高质量发展交流活动暨2022四川十大经济影响力人物颁奖典礼"上，谭晓政代表射洪，底气十足地向五湖四海发出了"诗里酒里，射洪等你"的诗意邀约。当天我不在现场，事后有人告诉我，他当时的语气，就像平常家里请客一样，请得大方，也请得真切。转身我就在想，既然敢请得如此热情，想必早已摆好了八珍玉食般的美馔佳肴，也一定准备好了射洪的好山好水与美丽富饶。

那么，这个"千亿俱乐部"里，到底为我们准备了些什么呢？进入"俱乐部"之前，我首先就一个普遍关心的问题，同时采访了何小江、张君两位领导和数十位市民，我的问题是：如果请你选出几件近年来足以改变射洪历史进程和未来发展格局的重大事件，你会选择哪些？撤县建市、跻身全国县域经济百强、建设千亿产业集群、全国第一所电科技学院建成招生，答案完全一致。这些答案，对官员们来说是工作实绩，对百姓来说是未来与希望。

　　几乎就是在采访结束前后，我才弄清"千亿俱乐部"原来指的是到2030年将要建成的锂电新材料、食品饮料、能源化工3个千亿产业集群。说到锂电材料，我发现2022年遂宁被四川省委赋予"建设成渝中部现代化建设示范市和锂电之都"的发展定位，主要应该也是基于射洪雄厚的锂电基础。因此，作为全省唯一的锂电园区，射洪自然也就成了不可取代的"锂电之都核心区"。除了以天齐锂业为核心之核心的龙头企业和盛屯集团等为代表的基础锂盐上游企业外，园区还引进了盛新锂能、当升科技、富临精工，以及新理想、朗晟科技、威远致远、绿鑫电源、重庆天辉和绿然电动汽车等10余家相关企业和上市公司，初步构建起了锂资源开发、锂电材料、电芯制造、系统集成、新能源汽车电池回收全生命周期产业生态圈，同时也成为西部地区锂电产业链最完善的集中区。随着中国首个锂电产业大数据平台的建立和中国锂电（遂宁）指数的发布，全省唯一拥有区域环评批复的锂电全产业链专业化园区也横空出世。而2023年4月，国家级锂电材料检验检测中心在射洪的落地，更是填补了中西部锂电材料质量检测的空白。尤为可喜的是2023年5月，西部地区唯一的锂电产业专业化人才培训基地，占地330余亩，总建筑面积近20万平方米的锂电科技学院在射洪经开区落成，一举结束了射洪没有大学的历史，首批500余名莘莘学子由此开启了始于射洪的崭新的锂电人生。在谈到锂电这个话题时，经开区管委会主任李毅表示，未来将以推动锂电产业供应链健康可持续发展为目的，重点发展基础锂盐、正极材料产业，加速推进动力电池和锂电池回收产业，力争 2023 年锂电产值实现 600 亿元，到 2025 年建成名副其实的千亿级锂电产业集群。这段话让我看见了李毅的沉稳与自信，也感受到了射洪的能量与底气。他说这话的时候，日历已经翻到了 2023 年。就在我为时间的紧迫唏嘘不已的时候，又在无意中看见了他的另一番话语：建成千亿级锂电产业集群不过仅仅是近期目标之一，只有牢牢掌握了全国锂电产业行业的主动权和话语权，射洪锂电才有可能真正迈出稳健、坚实的步伐，走向更远阔、更风光的天地。这是他的胸中之竹，也更是一种射洪自信。

与此同时，2023 年 3 月 1 日，生态食品产业园建设，也在射洪拉开了帷幕，两个月后，遂宁市政府正式批复设立"四川沱牌绿色生态食品产业园"。至此，一个以酒为核心的食品饮料产业集群，也踏上了令人瞩目的千亿之旅。园区以射洪沱牌镇为核心区，规划面积 362 平方千米。在地域管辖上，打破了行政区划的限制，将射洪沱牌镇、瞿河镇、明星镇、蓬溪天福镇、红江镇、大英回马镇等 6 个镇全域纳入了管辖范围。在 2023 年 6 月 8 日举行的"'中国白酒之乡·射洪'授牌仪式暨四川沱牌绿色生态食品产业园成立大会"上，沱牌舍得、正大集团、天马玻璃、上海燕龙基、五斗米食品等知名企业陆续入驻园区。市长王能说，这个用"一瓶酒"撬动的千亿的产业集群，发展方向极其明确，功能划分十分精细——百亿预制菜产业项目、百亿精酿啤酒产业项目、百亿包装材料产业项目和酒粮基地产业项目等四大板块，各具特色，各有侧重。园区以舍得酒业、正大食品、五斗米食品等龙头企业为核心，形成了以酒业为主导，配套发展关联产业、精品粮油、绿色蔬菜、特色农产品加工、文旅融合等链式、集群发展格局。园区加快打造酿酒"第一车间"，已经建成酒粮基地 8.5 万亩，主要生产小麦、高粱、玉米等酿酒专用粮，为舍得酒业增产扩能提供了坚实的"原粮"保障。同时实施"一地多园"模式，规划建设预制菜产业园、精酿啤酒产业园、包装材料产业园 3 个"园中园"，谋划打造世界名酒展示中心，进一步夯实园区发展基础。与此同时，牛心村酒粮基地和天福食用菌产业、红江蔬菜产业发展势头良好，为白酒产业高质量发展和预制菜产业园建设提供了有力的支持。在此基础上，四川天马玻璃有限公司的啤酒瓶、白酒瓶、葡萄酒瓶、果汁瓶、食品瓶等各类玻璃瓶深受市场青睐，国内市场占有率稳步提高，国外市场份额每年以 10% 的速度递增，产品远销美国、菲律宾、新西兰、蒙古、瑞士等国家。到目前为止，园区已有规模以上企业 15 家，其中白酒及配套企业 6 家。据园区负责人介绍，到 2023 年年底，园区可望实现产值 150 亿元，到 2025 年，产值将超过 500 亿元。

我们再来看看第三个千亿集群——能源化工产业园。能源化工一直是射洪工业的另一支"劲旅"，如何利用本地油气优势资源，切实融入川渝天然气千亿产能基地建设，一直是一道刻不容缓的课题。其实早在 2023 年年初，射洪就不失时机地提出了培育壮大能源化工产业，积极推动"千亿级立方米天然气基地"建设的明确思路。目前，遂宁正全力冲刺"建设国家天然气千亿立方米级产能基地、打造天然气全产业链千亿产业集群"的两个"千亿"发展目标，而作为"东方气都"重要基地的射洪，既有独特的产业基础和资源优势，又有巨大的可持续发展潜力，能源化工产业发展也因此一路飘红。仅 2021 年，以四川美丰为核心的 15 家能源化工规上企业就实现总产值 50 多亿元。到目前为止，射洪境内探明天然气储量 1.6 万亿立方米，建成气井 31 口、集气站 1 处，2022 年天然气产出增速近 600%，这不但增添了射洪的底气，也为"东方气都"重要基地的建设，奠定了坚实的基础。

为了确保"千亿"产业集群建设的快速推进，射洪人把所有的心思，甚至连丰富的想象，都集中到了同一个方向。正如发改局长廖晓华所说，他们始终把培育优势产业，聚焦主导产业，作为增强发展后劲的重要途径。而全市上下，也总是把全力以赴推动"千亿产业园区"建设和新型基础设施，以及能源、交通、水利、城市、农业农村、安全等几大领域的基础设施建设作为关乎未来的头等大事，排在日程最重要的位置。"千亿俱乐部"是"百强"射洪更上层楼的强大动力，随着 3 个千亿产业集群的形成，一个"三足鼎立"的稳定发展构架也将拔地而起，在如期实现成渝中部地区率先进入县域经济"千亿俱乐部"的宏伟蓝图和"十四五"目标中，建设遂宁市经济副中心、文化副中心和城市副中心的远大目标，更是指日可待。

写完上述文字，我突然感觉自己因为沉甸甸的"千亿"而变得格外轻盈，我的目光也再次回到了"100000000000"这串非同寻常的数字上。在我眼里，此刻的"1"，实实在在就是一个站姿挺拔的人，都说万众一心，这个"1"，或许正是由百万人心凝集而成，那些"0"，有时是一只只瞪大的眼睛，盯着跋涉者的脚步和心跳，有时又像火辣辣的太阳，照着射洪人一路前行。而"俱乐"二字的深刻内涵，也在炫目的日光下显得更加芬芳四溢，入木三分。"俱乐"，都乐，除了山水之乐，万民之乐，更是天下之乐。

后记

经历了整整一个高温多雨的夏天，世间仿佛还是有什么东西没被冲刷干净，写完本书的最后一段时，窗外的雨仍旧淅淅沥沥下个不停。院子里零星的、略带几分秋日诗意的落英和香樟叶，不但没被刮走，反而还增添了许多。直到黄昏，天色渐晴，那些大风吹不动的，却被一阵微风吹得不见了踪影。由此看来，世间有很多事情，并不是暴风骤雨所能解决的。就像当年老家山上那些铁锤钢钎没能撼动的顽岩，最终溃散于山间流泉经年累月的滴水穿石，这与射洪人身上的"锲而不舍"和"坚韧不拔"有着某种奇妙的相似。

随着一个多月的走村串户，我不但亲历了气象万千的城乡巨变，更体会到了父老乡亲的一颦一笑所蕴藏着的深刻内涵。一直以来，我尽量不从干部口中去倾听百姓的幸福，而更痴迷于从乡亲的脸上，去寻找那种会心的微笑。几年以前，我曾随一个全国性的采风团从北京去了凉山州昭觉县三河村，在山高沟夹的乡村腹地，见一位年近七旬的老人，背着一捆比自己的个子还要高出一头的枯枝，我正要上去帮她一把，却被老人一挥而拒了。我不解地问："老人家，（家里）别的人呢？你这么大年纪了，能背得动吗？"听完我的问话，老人微微一笑："我儿孙满堂，也不缺干活儿的。""那你这是？"我忍不住又问，老人笑出了声来："我这是锻炼身体，跟你们街上（城里）的人学的呢。"原来干这样的重活儿，并非迫于生计。老人虽已走远，但她发自内心的笑容，却像三河村的索玛花一样，深深嵌入了我的记忆。而在今年的射洪牛心村，我更有一番特别不同的感受。跟第一书记李生富和村支书税长久聊到下一步规划时，得知他们打算就近修建一个农贸市场，把附近几个镇村的村民，从赶场往返两小时的长途奔波中解脱出来，对于这一构想，我深以为然，于是问道：如果真把消磨在路上的时间找回来了，作为支书，你们打算让他们怎么安顿这两个小时呢？得到的回答是，村民可以用这些时间去干别的农活儿。我反问道：牛心村有这么漂亮的山水、农田，有这么舒适的茶座、图书馆和景观广场，村民为什么不可以品茶、喝咖啡、读唐诗、晒太阳？为什么不可以在田边地角陪孩子们放风筝、看书画家写生泼墨、听现场版的乡村爵士音乐呢？新农村建设的真正内涵，其实并不仅仅是设施更新、环境美化和生活富足，更是一份身心的彻底放松与悠闲。告别之际，我又补充了一句：衡量一个地方乡村振兴成果的重要标准，应该还包括是否给了老百姓一份真正的悠闲。而令我更加震撼的一次，是在两江画廊的双江村。他们就地取材，顺势而为，利用原滋原味的山水资源，融入适度的历史文化元素，营造了简洁大气、别具一格的乡村景观，不但形成了魅力四射的乡村旅游热点和心灵度假胜地，更是实实在在为村民经商就业和长期稳定增收提供了重要保障，让村民既有了自食其力的平台，又保持了劳动者应有的尊严。因而在我看来，这种融智慧、资源和业态于一体的三位一体、相得益彰的模式，堪称乡村振兴的典范之作，无疑也为射洪成功奋进"百强"之强，再次入选"全国县域旅游综合实力百强县"和成功摘取"天府旅游名县"的桂冠，立下了汗马功劳。

　　我虽调离射洪多年，但家乡的山山水水留下了我深深的足迹。张家口的半山上，有我童年的身影，也葬着我的祖父、祖母、父亲和故去的亲人，就像那片土地始终以其极大的宽厚与仁慈接纳并哺育我一样，所有的乡亲也总是用最深的恩宠与呵护来庇佑我风雨前行，即便是在贫困交加、云迷雾锁的岁月，也从未有过丝毫砭削。三十年前，在第一部诗集《命运的风景》中我曾这样说过：我一直试图以文字的方式来为家乡、为亲人做点什么，但我总是不得要领。随着时光的推移，我心里的家乡与亲人，或许早已不再是某个具体的村落，某些具体的人群，而是射洪所有的山山水水。涪江两岸的一花一木，跟我生命的盛衰枯荣早已深深地融为一体，枯萎时，如我荒凉的心事，繁茂时，是我灵魂的底色。

此刻秋意正浓，徜徉于乡村，有稻香扑鼻，鲜花宁静；穿梭于城镇，有车水马龙、五彩缤纷；沉浸于历史文化之中，能真切地感受到以诗酒为主脉的文化传承。这，就是我的故乡——以一代诗风开创革新之风，凭一杯美酒引领发展潮流，用一块"锂电"加速"百强"奋进。"诗里酒里，射洪等你"，每句话语，都是一种真情流露；每片山水，都是一处人生美景；每个茶杯、酒杯和奖杯，都是一座"平安杯"，而每一杯里，又都盛着老百姓的口碑。

"操千曲而后晓声，观千剑而后识器"，即便如此，这类题材的写作也远比破解一道高难度的数学题要难出很多。但我深信，写作无范式，一个真正的作家，永远是标准的制定者而非适应者。虽然终究都难摆脱"紧箍咒"般的清规戒律，但面对那些纯粹而无辜的文字的时候，除了要有必需的谦卑与敬畏，我竭力保持着一个作家应有的警惕和冷静。

从出版社约稿到合同签订，再到最后交稿，前后不足五个月，所以在时不我待的写作中，我只能走马观花地完成了局部的实地考察和现场体验，进入写作之后，不但疏远了窗外的风雨阳光，也怠慢了我的家人，内心甚是愧疚。从资料的搜集到实地采风过程中，得到了射洪方方面面，特别是市委宣传部、经开区管委会、文广旅局、市文联、射洪融媒体中心、西部射洪网、方舆射洪，以及邓茂、李毅、何小江、张君、钟思翰、刘荟、蔡静、马海燕、赵江、文华、魏仕元、赵富强、范国蓉、王丽、谢德锐、王毅峰、邓博文、谭万全等多位领导和朋友的大力支持，此外，黄少烽、李俊、王益林、董泽永、罗明金、杨斌等射洪文艺界诸多新知故旧，也给予了诚挚的关心与帮助，在此一并致谢。

尤其要感谢中国旅游出版社和选题主要策划人商震给予我的充分信任。在写到结尾的时候，季节也渐渐显露出树树皆秋色，清香闲自远的悠然与旷逸，但愿这些文字，也能像这淡淡的秋色一样，带给你一种不同以往的气息。

2023 年 9 月 30 日于蜀中遂宁